Q版特工31

拍賣會

梁科慶

U0931629

Q版特工31　死亡拍賣會
作者／梁科慶
總編輯／黃幗坤
責任編輯／陳俊珊
美術設計／blacktony
出版發行／突破出版社
香港沙田亞公角山路33號突破青年村
電話：2632 0000　傳真：2632 0388
電郵：breakthrough@breakthrough.org.hk
網址：http://www.breakthrough.org.hk
http://www.btproduct.com
承印／陽光印刷製本廠
2013年12月初版1刷
版權所有 © 2013 突破有限公司

Ah Wing, the Secret Agent 31: Fatal Auction
by Leung For-hing
First Printing, First Edition, December 2013
Copyright © 2013 by Breakthrough Ltd.
All Rights Reserved
Printed in Hong Kong
ISBN 978-988-8246-05-2

本書經文取自《新標點和合本》，版權為香港聖經公會所有，承蒙允准採用，特此鳴謝。

誠邀閣下就突破出版社的書籍發表意見

歡迎加入突破書籍 Facebook — http://www.facebook.com/btbooks

本書採用環保油墨印刷

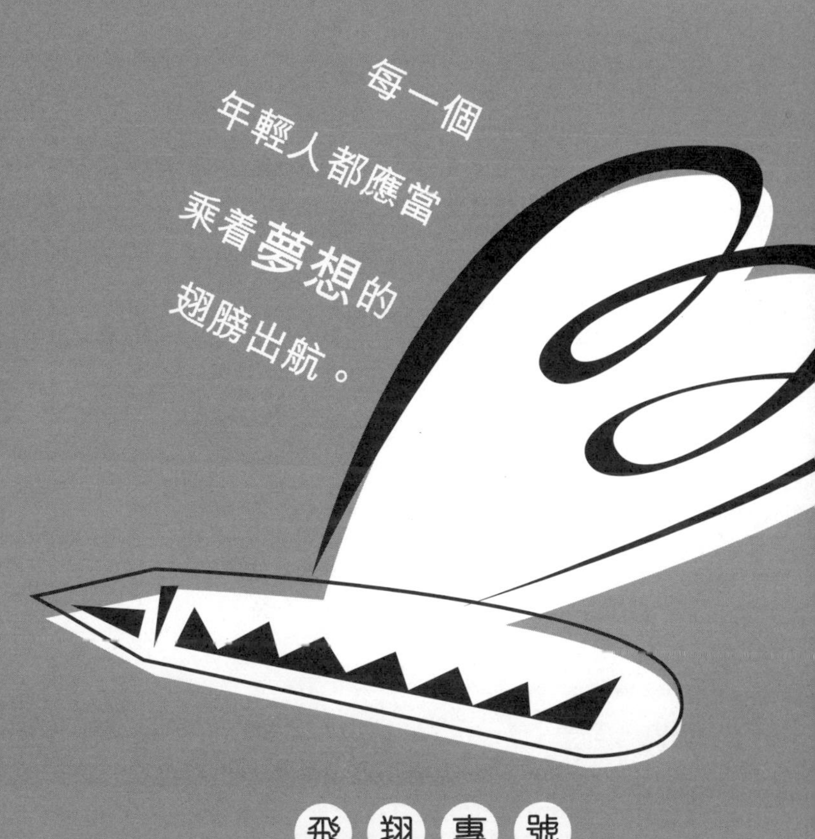

飛翔專號

目錄

序

黃紹顏
聯合出版（集團）有限公司屬下
中華商務聯合印刷（香港）有限公司
董事副總經理
元朗公立中學銀社同學會會長

我是小說裏「剪冬菇頭」的紹顏。大家稍後會看見我在故事裏「粉墨登場」。

科慶和我曾是中學同班銀社同學，畢業之後各奔前程，大家有工作有家庭，各有各忙，甚少聚頭。現在我們的孩子都長大了，事業也穩定下來，最近同學會又活躍起來，陸陸續續把失去聯絡的同學重新連繫，透過部落格、facebook羣組、WhatsApp、微信，重溫舊照，分享活動留影，一點不比時下年輕人遜色。有節制地善用科技，可以把友儕間的距離拉近，即使在內地工作或移民海外的同學，聯繫依然沒有間斷。

今次，科慶把我們十多位同學都放進書裏。現實中的陶公子和梁賢是好朋友，科慶把他們的性格特點延伸放大，變成書中角色，我看初稿時已經忍不住捧腹大笑，拍案叫絕。科慶觀察入微，結合時事、地理、科學、文學、潮流，以簡樸地道的文字，引領讀者進入書裏自由飛翔，甚至代入其中角色。

很高興科慶的「Q版特工系列」已經出版至第 31 集，提供精彩、健康的讀物給青少年，以輕鬆的手法增進時下學生對通識和語文的興趣，家長也可以一起閱讀，與孩子有更多分享話題。同學們要好好珍惜學生生活，今天的天真爛漫、少年輕狂、彷徨焦慮、哭與笑…… 一切生活片段將會是長大後的珍貴回憶，回想從前種種就那樣過去，彷彿是不久以前的事。說不定，今天的同學他日會效法科慶，成為文學作家呢。

進入故事之前，讓我效法古時戲曲的「自報家門」，代陶、梁二人講一段開場白。

陶公子：我是爺爺的心肝寶貝，家族有雄厚資產，遍及海內外，由於瑞士為中立國，投資不限國籍，我的家族也有不少資金投放在瑞士，投資古董、古堡、農莊、航運餐飲等等。但我不明白，爺爺那麼精明，卻在十年前不知從哪裏找來一隻「醉貓」當我的私人助理，若不是爺爺去世時囑咐我一定要把他留在身邊，我才不要他來管！不過，話說回來，「醉貓」為人尚算忠直，但不擅辭令，說話粗聲粗氣，沒大沒小，經常話到嘴邊，想說又不說。雖然人家說我不用做什麼已有花不完的金錢，但其實，我好想善用手上的資源，幹一件又大又有意義的事，好顯示我是個有能力、有理想的人，這總比整天只顧賺錢好，因為那太容易，也太膚淺了。所以，我經常機不離手，利用互聯網緊貼世界資訊，留意國際時局，只要看準時機，便可大展拳腳。終於，我找到一個千載難逢的機會，嘿嘿，一個掌握國家機密資料的人物，多國覬覦的目標……

梁賢：以我的神槍絕技，要百步穿楊彈無虛發簡直輕而易舉，不過，人生際遇難料，陰差陽錯，我輾轉當了陶氏家族二世祖的私人助理，真是大材小用！若不是當年受陶爺爺救命之恩，託付一定要好好看顧他那個寶貝孫兒，我才不會浪費時間陪在那個大孩子身邊，終日無所事事。那個人天真單純，嬌生慣養，好像童話故事的Peter Pan永遠長不大，如何成大器呢？整天跟着他，百無聊賴，唉！我是大將之材，怎能…… 惟有偶爾借酒消愁，麻醉自己，逃避一下現實。這份工作惟一的好處就是可以經常鍛煉槍法，這除了是我的發燒興趣，說不定他朝英雄有用武之地，機會永遠是留給有準備的人嘛。誰不知，那個大孩子搞什麼跨國大買賣，結果搞出個「大頭佛」，要不是有我在，他早就一命嗚呼。不過，經一事，長一智，這小子終於……

好了，開場白到此為止，大家趕快看他們與阿Wing這趟驚心動魄的瑞士之旅。順祝科慶作品源源不絕。

1 拍賣殺機

一場神祕拍賣會，

拍賣品竟是CIA 叛逃者！

古堡之內，臥虎藏龍，

卻嗅不出殺氣瀰漫……

1

瑞士蘇黎世國際機場的翻新工程，好像永遠做不完似的。兩年前在此轉機，印象中，圍板處處，路路不通，今天，拖着行李箱走出接機大堂，仍見左右是圍板，下機的人與接機的人擠在餘下的三分一空間之內，緩步前行，彷彿置身於水貨客充斥的上水廣場。

人雖然多，但那人，我一眼就認出，他就是我的接機者。

因為請柬上特別註明「將有一位出眾的人在機場恭候大駕」。

可是，米白色的Giorgio Armani西裝，披在一個身高不足五呎四吋、剪平頭裝、頭髮花白，兼且鼻樑架着Ray Ban太陽眼鏡的大叔身上，在沒扣上鈕扣的衣襟之間露出黑色貼身背心，背心底下是粗獷的胸腹肌肉紋理，還有兩條浮誇的、金燦燦的粗頸鍊、粗手鍊。外型不錯是出眾，但跟常理期望的儀表出眾，簡直南轅北轍。

管他，接機的罷了。

我一逕走過去。他剛從衣袋裏掏出一個扁平的方形金屬酒壺，打算擰開壺蓋，但見我走近，呆了片刻，左手拉低太陽眼鏡，一雙血絲滿布疲憊不堪的眼睛，向我上下掃視一遍，繼而張開嘴巴，先噴出一口濁臭的酒氣，再從積滿污黃牙垢的齒間，迸出簡短的話：「有請柬沒有？」

我看左看右，肯定他說話的對象是我，惟有別無選擇地把請柬交給這個給廉價威士忌灌得半醉的酒鬼，隨口反問：「你不是陶公子吧？」

「當然不是。」他小心的把酒壺放回衣袋裏，再從褲袋取出手機，開啟掃描軟件，「我叫梁言，是……那混蛋的……私人助理。」

稱自己的老闆作混蛋，這混蛋真有性格。

梁言拿手機對準請柬上的防偽標籤，掃瞄確認後，遞上一條車匙，懶洋洋地說：「車上的自動導航系統，會領你到目的地去。」

「我最討厭自駕遊。」我不情不願地接過車匙。

「行李留下。」

「什麼？」

「真重。倒霉。」他也不情不願地把我的行李箱拉到腳邊，「留下行李，一來，我要檢查你有沒有携帶武器、追蹤器、竊聽器之類；二來，你跟我碰面，機場內外，至少有三路人馬準備跟蹤你，少個負累，就多個機會擺脫他們。」

「倘若我不能擺脫他們，你有Plan B嗎？」

「Plan B？算是有吧，嗝——」

我連忙掩鼻閉氣退後，不小心踏着背後男人的鞋面。

「Oh！Sorry……」

「No problem。」

梁言輕咳一聲，清清喉嚨，淡然道：「Plan B是，我會引爆車上的炸彈，絕不讓目的地曝光。」

「汽車炸彈？No way，我不想自殺啊！」我抗議。

「你只有兩個選擇：放棄參加拍賣會，或者依我的指示做。」梁言拖着我的行李箱轉身，「想參加拍賣會，先露點本事吧，嘿嘿。讓一讓，請讓路……」

「等一等，喂……」

梁言沒理睬我，他慢慢沒入人羣之中。沒有人跟蹤他嗎？抑或他另有祕密通道？若有，帶我同行不是更簡單嗎？

要考我的本事？呸！我的本事又多又大，施展出來，只怕你這個酒鬼沒招架的本領！我拋一拋車匙，擦擦鼻子，順着人流離開接機大堂，步入停車場。

以陶公子的氣概，給我預備的車，看來，若非保時捷，就是平治。我向前伸出車匙，漫無目標的按動匙扣上的遙控開關。

「嘟——」

背後傳來訊號反應，回身一看，果然是平治，但——

是全球限量製造的Smart For Two Edition City Flame雙座位迷你車！

火焰黃車身，純黑車架，透明全景天窗。嘩！怪不得梁言要拿走我的行李箱。拿一條麻繩把行李箱縛在車頂，慢慢開行，勉強可以，不過，若然這樣，恐怕我連蝸牛也擺脫不掉呢！

我拉開車門，坐進低矮狹窄的駕駛座，發動引擎，衛星導航系統自動開啟，檢視屏幕，駛出停車場後右轉直上高速公路……

「隆…… 隆……」

附近，引擎吼叫。

瞄瞄倒後鏡，一、二、三，共三輛汽車，在三點、六點、九點位置蠢蠢欲動，全是大馬力、大塊頭的七人車，它們追在這輛Smart For Two後面，令人聯想到麻鷹捉雞仔。

陶公子、梁言，兩位真懂開玩笑。Smart For Two的油缸容量只得 999cc，最高時速不過 120公里，馬力弱，車身顏色搶眼，跑在高速公路上，要擺脫三輛汽車的跟蹤，難度挺高呢！

不過，愈難愈具挑戰性，向高難度挑戰，我喜歡。

大略看一遍屏幕顯示的衛星地圖，目的地離機場不遠，於是我轉檔踩油，把Smart For Two駛出停車場，依照導航指示，開上高速公路。

三輛七人車銜尾追來。

大約走了七、八公里，遇上修路工程，快線全線封閉。公路由三線減為兩線行車。慢線的車流時快時慢，中線的時停時動，Smart For Two的優勢開始浮現了，在慢車情況下，即使時速高達220公里的汽車，跟時速只有120公里的，全沒分別，而且，Smart For Two小巧靈活，既方便在車羣之中左穿右插，又容易躲在高身貨車之間，以我的駕駛技術，連番切線搶線，便把跟蹤者甩在長長的車龍後頭。

不知他們是什麼來路的人馬？

沒所謂啦，反正不成威脅了。

跟我阿Wing鬥法，夠班的，沒多少個。

咦！開心得太早，衛星導航顯示，要在下一個路口駛離高速公路。失卻慢車掩護，難度回升。沒法子，路線如此，只得照行。

瞥見空位，我馬上扭動方向盤，出其不意的由中線搶入慢線，貼近一輛貨車的車頭掠馳而過，幾乎擦撞前面休旅車的車尾，左側前後車輪輾上路肩，車子猛震兩下，即鑽空竄入公路的出口。

貨車司機在後面重重響號，以汽車的「語言」作出最嚴厲的斥責。

我不是汽車，我不懂，也不管。

駛過一段270度的向下彎道，暢順地切線，迅速融入支路的車流之中。支路左前方的自助洗車店，就是衛星導航的終點。趁那些跟蹤者還困在高速公路上，我趕緊把Smart For Two駛過去，再看屏幕，果然現出car washing字樣，我想也不想，第一時間開進其中一個空蕩蕩的洗車格。剛穿過隔水膠簾，洗車機器啟動，清水混着清潔液從頭頂和兩側的蓮蓬頭噴出，噼噼啪啪的灑落車身之上，升起一團團肥皂泡。此時，屏幕的car washing淡出，變為Mini Cooper。抬頭看時，右邊的洗車格內果然停着一輛Mini Cooper，車上沒人。要換車嗎？我稍一猶豫，屏幕的字樣變換為 count backwards for blast，接着出現 30……29……28……

嘩！爆炸，不足 30秒之後。

我爬到副駕駛座，半推半撞的打開車門，敏捷地穿越水幕，躍進右側的洗車格，拉開Mini Cooper的車門，濕漉漉的跳進車廂。車匙已插在匙孔內，無暇細想，擰匙點火，以最短時間駕着Mini Cooper逃出自助洗車店，加速，加速……

才走了兩百公尺，身後「轟」然巨響，倒後鏡反映紅光、烈焰、黑煙。

好險！

此時，跟蹤者大概追到洗車店外，給突如其來的爆炸嚇了一跳，他們看見Smart For Two付之一炬，即時反應誰都一樣——首先確定我給炸死了沒有。至於這輛毫不起眼的Mini Cooper，沒有人在意。

Mini Cooper的衞星導航顯示，我的新目的地位於…… 市郊。

我暫時關掉儀表板上的導航系統，改用手機的GPS，既已甩掉跟蹤者，又不趕時間，我還是先往一個地方。

*　　　*　　　*

登機之前，M在香港國際機場囉囉嗦嗦，不住游說我要在瑞士選購名錶，理由是瑞士的製錶技術世界首屈一指，原產地製造、裝嵌，產品質量遠勝香港零售的東南亞裝嵌貨色，相對而言，價錢也較香港的便宜。當然，我亦有不買的理由，我為人粗魯，經常追來跑去，爬上跳落，不知已經弄花砸凹多少隻手錶，名錶戴在我腕上，只會令我渾身不自在。M反駁，名錶不是買來戴的，而在保值，還叮囑我一到埗什麼事也別做，務要光顧他的老友肥安的錶店，即使我不買，也要替他買一隻Rolex回港。我始終唯唯諾諾，M拿我沒辦法，最後拋出他的撒手鐧——This is an order。既然是order，我惟有執行，混蛋。

老闆都是混蛋。

肥安的錶店位於St. Peterstrasse街尾，沿街的鐘錶店，以肥安這家最為寒酸，窄小的前舖後居，沒裝潢典雅的臨街大櫥窗，沒西裝筆挺的俊男為顧客開門，沒千嬌百媚的美女為顧客試戴名錶，店內只得一個頭髮蓬鬆的胖子穿着又舊又縐的夏威夷花恤衫坐在凌亂不堪的櫃枱後面托着下巴打盹。

門框上的銅鈴「叮咚」震動，並沒把胖子吵醒。

我惟有用指頭「督督」的敲響他的櫃枱。

「AAAh……」他張開惺忪睡眼，沒掩嘴巴的打了一個大呵欠，緩緩伸個懶腰之後，右手掃跌櫃枱上的空錶盒、空紙杯，摸着老花眼鏡，戴上，瞅瞅我，張開厚唇嘴巴——

糟糕——

瑞士的常用語言，主要有四種，超過七成人會說德語，說法語和意大利語的人分別佔 19.2%和 7.6%，只有不足 1%的人口說羅曼語。前三種語言，我勉強可以應付，羅曼語則完全不懂。但胖子偏偏只懂羅曼語。

「肥安？」

他舉起一雙拇指，指着自己的胸口，連連點頭。

沒找錯人。

「我叫阿Wing，從香港來的，你好……」

可惜，除了交換名字，其餘的語言溝通完全無效。

我只得退而求其次。於是在雜亂無章的枱面找到紙和筆，拾起，寫下Rolex Daytona 1963。

「Oooho！M！」肥安恍然大悟，掌心用力拍一記額頭，向我打個手勢，示意我稍候，然後轉身、彎腰，拉開低層櫃門，嘩啦嘩啦的找呀找，找呀找。

他那幾乎把褲襠逼爆兼露出半條紅點內褲的大屁股正對着我，擺呀擺，擺呀擺。

這副德性，難怪他的錶店沒生意。

M怎會推薦這種錶店？店裏沒夾萬麼？隨便放在掩門櫃裏的Rolex，可靠嗎？我可不懂分辨Rolex正貨與A貨，若錯買了冒牌貨，M，你可不要責怪我。

「Aha——」

他終於找到了。

他透一口大氣，左手按住膝蓋，右手拿着絨布托盤，千辛萬苦的站直身子，把托盤放在櫃枱上。

嗄？盛在托盤上的，既不是Rolex，更不是手錶，而是那種包羅小刀、指甲鉗、開瓶器、罐頭刀、螺絲起子等多款用具的——摺合式——瑞士軍刀。

「喂，肥安，你搞錯了，我不是要刀子……」

肥安嘰哩咕嚕的說了一大堆話，我也盡我所能運用肢體語言，解釋再解釋，可惜依然是雞和鴨溝通，最終他堅持把刀子塞進我的口袋裏，接着拿起一面印有「休市」的木牌，推我出門，然後掛牌鎖門熄燈，跑回後居不見了。

我像個傻瓜一樣，站在店外。路人紛紛投以奇怪的目光。他們大概奇怪，怎會有人遭這種陋店掃出大門。

罷了，我擺擺手，拍拍口袋，M，我已盡力，你自己找肥安算帳吧。

*　　　*　　　*

離開蘇黎世的市中心，我駕着Mini Cooper，重回陶公子為我預設的路線，向目的地進發。

我再三看清楚倒後鏡，確定沒有車跟蹤，前面路段也沒有維修工程，看似順利非常。

一路駛向蘇黎世以北的山區，車路愈收愈窄，坡度愈走愈陡，彎道愈轉愈急，幾乎180度的「髮夾彎」轉了一個又一個。幸虧這輛Mini Cooper車身矮，重心低，拐彎靈，且安裝了1.6L排氣量的四缸16氣門發動機、雙渦輪增壓器，又採用燃油直噴技術，跑山路，沒難度。

陶公子，想得周到。

其實，「陶公子」可能只是一個代號。對方是人是組織？是男是女？都沒資料，說不準。

事件跟一名美國CIA前僱員的「變節」有關。我取其姓氏第一音節的廣東話發音，簡稱此人為Mr. C。

今年夏天，Mr. C在香港接受英國《衛報》記者訪問，揭露CIA違憲濫權，不必要地過分廣泛竊取人民的個人通訊資料，他聲稱手上握有一些CIA的機密檔案，若人身安全受到威脅，他會毫不猶豫地公開那些檔案。

所謂情報人員竊取人民私隱資料，早被荷里活編劇吸納為故事橋段，在電影裏屢見不鮮，本來就見怪不怪，但Mr. C的訪問「出街」後，傳媒爭相報道，人民議論紛紛，有人指責美國政府嚴重侵犯人權，有人指控Mr. C陰謀叛國。美國政府堅持做法正確，又不斷向香港政府施壓，要求引渡Mr. C回國受審。香港政府左推右搪，遲遲不動手拘捕他。正當雙方僵持不下，找不到下台階之際，Mr. C戲劇性地成功潛逃俄羅斯，滯留莫斯科國際機場過境區，大約一個月後，獲得俄羅斯政府的臨時庇護簽證，離開機場，暫居「朋友」家中，自此下落不明。

Mr. C順利進出莫斯科國際機場，整個過程，無人見過，消息一直由俄方提供。各地記者蜂湧到莫斯科，在機場內外搜索一遍又一遍，始終沒有人見過他。

作為一個經驗豐富身經百戰聰明伶俐有勇有謀的專

業特工，這類消息，我不會盡信。加上事不關己，我只當作「八卦」新聞，靠邊站着看熱鬧。當新聞炒作開始沉寂，特工組織收到一張署名「陶公子」發出的請柬，邀請我們派代表在指定日期前往瑞士出席一個私人拍賣會，出價競投Mr. C本人及其手上的機密檔案。

匪夷所思。

孰真孰假？

無從稽考。

M與R評估過後，不敢掉以輕心，決定派我出席拍賣會，查證Mr. C是否身在瑞士，並揭開陶公子是何方神聖，再伺機行事。如果只是無聊人的惡作劇，除了白跑一趟，組織也沒有多少損失。

後來，接連收到情報，在南非、法國，相繼出現相同的請柬，更有人因搶奪請柬而受傷。南非國安局情報主管在寓所外面遇上「扑頭黨」，被「劫」走少量現金和那張請柬。法國外交部總辦事處閉門失竊，失去一些文具和請柬。兩宗案件的作案者是什麼人？美國的特工？

美國的對頭？兩者也有可能，因為大家都想得到Mr. C。不過，是什麼人幹的，難以猜測，也無需猜測，只要出席拍賣會，看看主事者是誰，參加者又是誰，Mr. C是否在場，真真假假，自當一清二楚。

2

就這樣，我來到風光如畫的瑞士。

路旁山坡，碧草如茵，牛羊低頭吃草，搖尾閒蕩，牛鈴「鐺鐺」，羊鈴也「鐺鐺」。在大片翠綠之間，零星散落一簇簇紫色的鼠尾草，在明媚的陽光底下，顯出一派出塵脫俗、雅淡秀美。Johanna Spyri筆下的「飄零燕」Heidi，天天跑到阿爾卑斯山上採摘的，或許包括這種鼠尾草。看着這些美麗的野花，我不期然想起《聖經・馬太福音》6章29節——

然而我告訴你們，就是所羅門極榮華的時候，他所穿戴的，還不如這花一朵呢！

已經是前年的事，某次上主日學，牧師姐夫講解這節經文，我反駁經文不合理，所羅門王富甲天下，權高位重，要衣料有衣料，要飾物有飾物，要裁縫師傅有裁縫師傅，而且肯定是最好的，穿金戴銀不在話下，他穿戴的，絕不可能比不上一朵野花。當日，我與姐夫爭辯，誰都無法說服對方。我很少跟他爭論，所以印象特別深刻。今天，看見這山坡上的紫色鼠尾草，我服了，毋庸多說。

山坡的頂端，車路的盡頭，懸崖之上，屹立着一座古堡。

古堡依山勢而建，氣勢雄奇險壯。

懸崖之下的山谷平地，民居聚成小鎮，房子全是兩層高，一律紅瓦白牆，除了那座宛如鶴立雞羣的哥德式教堂尖塔，給髹上綠色。就建築美學而言，是平凡之中凸顯信仰的不凡。

從崖上俯視山谷，樸素的房子裏住了樸素的居民，昔日的古堡主人，也是山下居民的主人，高高在上，君臨天下，保護他們，領導他們，役使他們。從前，所羅門王會不會也以同樣的目光，傲視他的子民？今天，君權在地球上幾乎失去所有立足點，民粹抬頭，民權至上，個人私隱變得神聖不可侵犯。站在特工的角度，廣泛截取通訊資料，一網打盡，才不會遺漏恐怖分子的情報，杜絕於未燃。CIA在恐怖襲擊發生前及時捉人，阻止襲擊，避免傷亡，成功個案委實不少。一般市民大眾的普通通訊，不屬於情報，截取了，特工亦不會在意。當然，這是特工的想法，當大部分人介意、反對，即使行之有效，政府也不能繼續想當然的去做。這叫民主。

轉了許多個彎，終於來到最後一小段直路，直通古堡的圍牆拱門。閘門高高升起，我略為減速，保持前進，穿過厚逾五米的花崗岩拱門，駛進昔日用作歇馬的小廣場，繞過八角形水槽，停在一列荒置的馬廄前面。我推門下車，站在由粗大鵝卵石鋪地以防馬失前蹄的石徑上，稍稍旋肩轉腰，「嚦嚦勒勒」的舒鬆筋骨，畢竟開車有好一段時間，腰痠腿硬。

四周空無一人。

空氣裏飄着冰雪的氣味，在盛暑的八月天。

冰從何來？雪飄自何方？

不期然抬頭，呀，一山還有一山高，更遠更高的山峯終年積雪，藍天白雲之下，雪峯絕嶺皚皚生輝，凝水成雪，雪融化水，阿爾卑斯山山區的雪水沿着河流溪澗潺潺而下，潤澤草坡田野，水槽裏的泉水引自山澗，我站在水槽旁邊，自然感到寒意。

古堡的格局呈馬蹄形，主座建築樓高四層，與東翼建築接連之處，是一座陰森森的尖塔，充滿神祕感。

咦？我來了，幹麼沒人出來迎接？古堡裏的人躲到哪裏？還是衞星導航失靈，誤把我導入這無人之地？

「咯咯……」

主座的台階傳來高跟鞋踏落在麻石地板的聲音。

這雙鞋至少三吋高。

循聲望去，一個蹬着紅色高跟鞋的長髮女子佇立台階之上。女子身穿一襲湖水藍旗袍，左手靠背，右手叉腰。旗袍短袖、及膝、圓角領，右襟繡了一朵舒捲的雲頭，下襬拼綴荷葉花邊，彷彿從一頁張愛玲的小說裏走出來，走到這座從前華麗、如今蒼涼的中世紀古堡之中。然而，最令我震撼的是，她——

竟是——露絲！

*　　*　　*

之前，露絲因感情影響工作，差點危及特工同僚，正處於辭職或與男友阿添分手的抉擇之間。她拿不定主意，就獨自飛往杜拜冷靜省思，後來跟我們失去聯絡（詳見《暗域狙擊》）。縱使失去聯絡，我倒不擔心她，以她一貫的獨立、機智和能幹，撇開阿添的困擾，給她一點時間，問題總能妥善處理。但我怎也想不到，會在這裏碰見她。

「露……」

露絲向我打個眼色，暗示不要相認。

「露…… 華濃…… 香水，小姐，你身上塗了露華濃香水吧？香氣高貴而神祕，魅力沒法擋。」我信步踏上石級。

「我接受你的讚美。謝謝。」露絲格格嬌笑，笑得花枝招展，「路上辛苦了，歡迎光臨古堡。我是露絲，這次拍賣會的主持。你來得真巧，晚餐剛開始。」

「才下午六時剛過。」我瞧一瞧天空，日光燦然，「這麼早？」

「鄉郊地方，居民早睡早起，習慣這個時候吃晚餐。」

「我是夜遊一族。」我走到露絲跟前，輕輕眨一下左眼，「不習慣早睡，今晚可有夜宵供應？」

「我私人珍藏了一些杯麪，若不嫌棄，今晚可以到我房間來。現在要先吃晚餐，請。」

「好哇。」

露絲領我入內，古堡的內部陳置毫不華麗，但古意盎然。玄關左右各豎一副暗啞無光的鐵皮盔甲，旁邊插着一些鈍矛鏽劍，走廊兩側掛滿褪色的油畫，繪的全是瑞士風光，有初夏的草原，有隆冬的雪嶺，也有深秋的樹林，其中一幅是Heidi與Peter在山坡上放羊，畫中的Heidi是個少女，造型遠不及日本動畫版的小妹妹可愛。走廊沒窗，只靠牆上燭台的洋燭照明，亮度明顯不足，離玄關愈遠，愈見昏暗。

「這是公元八世紀的建築，聽說，現時的主人購入古堡後，除了修補破爛，所有家具、裝飾、器物，不加不減，盡可能保持原貌。」

「如此說來，這兒，沒電燈？沒空調？沒WiFi？」

「都沒有。」露絲清楚我的生活習慣，「都市人，在此小住一晚，當作生活體驗吧。」

「一晚也嫌多。」

「到了。請進。」露絲領我進入飯廳。

飯廳中央置了一張用原條樹幹切割而成的長餐桌。餐桌左右共坐了四人，三男一女，女的是日本人，男的分別是中東人、南美拉丁人、東歐白人。他們見我進來，不約而同的瞄我一眼，都沒作聲，也沒有任何動作，只是默默坐着，各懷打算，靜觀其變，誰也不想讓別人猜到自己的心思。

餐桌上，杯碟、刀叉、燭台、餐巾、鹽瓶、糖盅等物，出奇地整齊，看來誰都沒碰過一下。

飯廳內側築了一座壁爐，柴火正旺。一個大叔和一個大嬸在壁爐前預備晚餐，大叔煎香腸，大嬸正在把紅蘿蔔粒放進吊在壁爐裏的湯鍋之中。

日照穿過右側一列彩色琉璃高窗，透進飯廳之內，五顏六色的陽光在火光中跳動，為拘緊的空氣增添一點點閃爍的虛幻。

壁爐對面，離餐桌最遠的牆角，梁言坐在高靠背椅上，搖晃手中的高腳酒杯，觀賞紅酒掛杯，離羣獨酌。他沒穿上西裝上衣，肩帶掛着一枝M10點38左輪手槍，貼身黑背心下展露粗壯的二頭肌、結實的三頭肌，以及強勁的臂彎，這個造型，或令人想起全盛時期的史泰龍。不過，還是那句，身高不足五呎四吋，又是個酒鬼，不成威脅。

飯廳沉靜得有點過分，就連柴枝燃燒時的「咇咇卜卜」亦清晰可聞，惟一的人聲，就是煎香腸大叔咕咕嚕嚕的哼唱山歌民謠，歌聲稱不上動聽，還有點荒腔走板，但總算有點實在的聲音，有點實在的人氣。

「人齊了。」露絲拍拍手，「我們可以開飯。」她邊說邊為我拉開日本女人旁邊的座椅。日本女人含蓄地向我微微點頭，我也回敬她一個點頭。都是表面化的禮貌。

沒猜錯的話，這三男一女將是我在拍賣會的「競爭對手」。既然是對手，我也不會期望他們對我友善。

露絲繼續介紹道：「為我們預備晚餐的是Ben叔和Polly嬸。古堡廚房的爐灶因長期沒用，已不能再用，Ben叔和Polly嬸很有智慧地借助飯廳的壁爐，炮製一些簡單的地道菜餚給大家品嚐，請不用客氣，儘量多吃。」

「主人家呢？那位陶公子何時現身？」東歐人問露絲，語氣有點不耐煩。

「雖然有像你這樣的美女招待，我求之不得，但總

得請陶公子出來，辦妥正事。」南美人道。誰都聽得出，話雖客套，但語氣不懷好意。

「請放心，在適當時候，陶公子自會跟大家見面。」露絲「卜」的打開一瓶紅酒。

Ben叔從大湯鍋裏舀出一小鍋雜菜湯，[illegible]到餐桌前，站在中東人身旁，喃喃道：「我老婆煮的雜菜湯，非常美味，先生你一定要多喝。這湯的材料新鮮，營養豐富，有切粒的紅蘿蔔，有自家種的芹菜，有飽滿的馬鈴薯，有切絲的捲心菜，有嫩綠的西蘭花，有大紅蕃茄，有圓圓的青豆，有洋葱碎，有今早在山上摘的野磨菇，有我最喜歡的小茴香……」

「請給我一勺。」中東人忍不住打斷Ben叔的耐心推介。

「一勺不夠，兩勺吧。我老婆煮的雜菜湯，非常美味，材料新鮮，營養豐富，有切粒的……」

「請給我兩勺，勞駕。」

「我也要兩勺。」中東人旁邊的南美人搶着說。

露絲拉開靠牆的酒櫃，再取出一枝白酒，慢慢踱到東歐人身旁，打算為他斟酒。

「四位，不好意思。」日本女人忽然站起來，深深鞠躬，「是這樣的，我與幾位目前的關係，雖然是競爭對手，但我仍希望跟大家正式打個招呼。我叫惠香，代表爵爺來買人。請各位多多指教。」

「等一下，惠香小姐。」露絲為東歐人斟了小半杯白酒，停下來，「我欣賞你的禮貌，不過，請你遵守規矩。我們的規矩是不記名出價，憑請柬進場，不問姓名，不問所代表的組織、人物，也不管請柬如何得來，總之，價高者得。我相信，其他人也不想透露身分吧。」

「是，很對不起。」惠香垂頭坐下，滿臉尷尬。

「不要緊。」露絲繼續斟酒。

「老公！還未分派麪包啊！快去，把麪包拿過來給我！」Polly嬸中氣十足，聲如洪鐘，跟Ben叔的絮絮叨叨，截然不同。

「噢，麪包，美味的麪包，我真大意，我真大意，我馬上去拿……」

Polly嬸翻起圍裙抹抹雙手，再把一套砧板、菜刀搬到餐桌末端，放下。我瞧着那菜刀，狐疑，切麪包幹麼不用麪包刀？多半是Ben叔忘記帶麪包刀，Polly嬸沒有選擇，不得不動用菜刀。

「麪包來了，麪包來了。」Ben叔捧着一個洗臉盆跑回來。洗臉盆？噢！看清楚，原來那不是洗臉盆，那，的而且確是麪包，一個大若洗臉盆的巨型黑麪包。

Ben叔把大麪包放在砧板上。桌面登時響起一片清脆的「兵」聲。眾人完全感受到那麪包的重量和質感。

在眾人詫異之際，Polly嬸手執菜刀，快刀斬劈，但見她刀法俐落，落刀均勻，頃刻，已把大麪包的一半斬成許多兩吋丁方的小包粒。夫婦倆合作純熟，一個斬包，一個將包粒撥進提籃內。

Polly嬸斬完麪包，氣不喘，臉不紅。

Ben叔提着籃子，又回到中東人跟前，道：「我老婆烘的裸麥麪包，非常好吃……」

「我吃，我吃。」中東人趕快拿起一塊，隨即放進口裏，咬下——

「喀……」

「啊！我的牙齒……」中東人吐出一枚帶血的門牙，掩嘴呼痛。

南美人本已拿了麵包放到嘴邊，目睹中東人的慘況，心念一轉，就把麵包浸到雜菜湯裏。

「不！」Polly嬸大吆一聲，連人帶刀衝過去，一手搶走那碗雜菜湯，固執地喝道：「浪費我的湯！糟蹋我的麵包！」

南美人反而鬆一口氣，臉帶笑容，伸出指頭搭在Polly嬸的刀背上，把正對自己的鋒刃挪開，再一臉幸災樂禍的端起酒杯，向中東人致敬，也為他致哀。中東人也管不了別的事，他慌忙抓起一塊餐巾，壓着嘴巴止血鎮痛。

「謝謝，我先喝湯。」惠香有禮地，也機警地截住Ben叔。

Ben叔於是放下提籃，為她舀湯。

「嘿，不懂吃，活該。」東歐人從籃裏挑了最大的一塊麪包粒，放進咧開的嘴角，用上下臼齒撕咬一口，用力咀嚼，且嚼得津津有味。

我看得傻了眼，這種「掟死狗」硬麪包，往肚裏吞，只怕會胃痛、便祕。莫非這人的腸胃構造異於常人？

「五位，我剛收到通知，陶公子正從頂樓下來，跟大家相見。」露絲撥弄耳際的長髮，露出「藍芽」，「他希望爭取時間，先收集大家的出價。這裏有ABCDE五個信封，請大家把銀碼清楚寫在信封裏的白紙上，然後封口。記着，不必寫個人姓名或所代表的組織。放心，我會記得哪個信封屬於誰人，不會搞亂。」接着她分發信封。

我拿到信封B。惠香是信封A。惠香從信封抽出白紙，瞥我一眼，忸怩地用左手遮擋，右手執筆寫下銀碼。我當然無意偷看別人的出價，也不怕人家偷看，大方地隨意寫下 10元，便把信封交還露絲。

此時，一個人快步走進飯廳，人未至，先飄來濃郁的古龍水氣味。這人四十歲左右，身高五呎八、九吋，細眼，薄唇，面皮白淨，架着一副沒鏡片的粗框玳瑁眼鏡，頭髮燙得貼服，腦後束了一根豬尾小髮辮，身上的粉紅色短袖T恤、深綠色卡其褲、淺棕色帆船鞋，全是Polo最新款式，35吋的腰肢沒繫上皮帶，腳沒穿襪，接收WhatsApp訊息的鈴聲一個接一個從他手上的 iPhone發出。

他一屁股坐在餐桌的主人位置，一面豎直指頭掃撥iPhone屏幕，一面匆忙交代：「大家好，我是陶公子，歡迎。大家不用管我，繼續喝酒，繼續吃飯……」一眼也沒瞧過「客人」。

「陶公子……」露絲藉着替他斟酒，用手肘碰碰他的肩頭。

「噢，對對對，不是吃飯，Polly嬸不懂燒飯……」陶公子百忙中回頭瞥一眼Ben叔，「Ben叔煎香腸，他只懂煎香腸，大家繼續吃香腸，不用管我。」他仍沒正眼望我們。梁言說的沒錯，此人乃混蛋一名。

Ben叔走過來，把兩根香腸夾到我的餐碟上，再加兩湯匙蒜蓉汁，淋在香腸之上，蒜香撲鼻，賣相粗枝大葉，不知味道如何？

「咕……」我的胃喊餓，畢竟半天沒吃過半點東西。

「沓……」梁言從椅上彈起，像操兵一般大步踏到陶公子身後，一聲不吭，搶去他的 iPhone。

「你！」陶公子回頭，怒目而瞪。

「太失禮了，說幾句。」梁言怒目相向。

一時劍拔弩張。

「Fine！」陶公子用右手往臉上一抹，抹去怒容，瞬即變臉成笑容滿面，他再吸一口氣，以較一般人快 0.5 倍的速度說道：「這古堡是我家族其中一位長輩不知何故也不知何時購入的，據說古堡深具歷史價值，依我看來，卻沒有升值潛力，閒時，即使來瑞士，我也只到日內瓦、蘇黎世、琉森，甚少甚少到這裏。為免古堡日久失修，我聘請住在山下的Ben叔和Polly嬸按時上來打掃，他們悉心工作，十年如一日，與古堡建立了深厚的感情，今晚我罕有地在這裏宴客，若不由他們下廚，他們肯定翻臉，雖然他們的廚藝不敢恭維，瑞士人都是這樣嘛，沒什麼地道名菜，你們不嫌棄，填飽肚子是沒問題的；幸好，酒還不錯，古堡地窖還藏有很多陳年佳釀，梁言先生最懂品酒，我知道他特意為大家挑選了幾瓶尚品，今晚大家就盡情喝酒，不用跟我客氣。」

「我們何時跟Mr. C見面？」東歐人扯回正題。

「Mr. C？為安全計，他只會跟你們當中惟一成功的買家見面。安全最重要，對吧？正如我選擇在這古堡舉行拍賣會，我在全球都有物業，獨選這裏，除了偏僻隱蔽，還考慮瑞士的中立國背景。」

「瑞士的中立，只在戰爭時期生效。」惠香說話時，垂頭盯着身前的刀叉杯碟，「我們現在又不是打仗，最大的麻煩，亦不過是機場的『狗仔隊』吧了。陶公子，你過慮了。」

「總之，小心駛得萬年船，Mr. C本人也不想再出現在報紙的A1頭版。」陶公子撿起桌上的ABCDE信封，聳聳肩，「大家繼續享用晚餐，失陪了。」一口氣說罷，陶公子急急走出飯廳，經過梁言身旁，煞停腳步，輕聲道：「我已說了幾——十——句。還我。」

梁言瞅瞅陶公子，便把 iPhone塞到他胸口上。

「Thanks。」陶公子取過 iPhone，忙於WhatsApp之餘，仍不忘交代，「露絲小姐會安排客房，請大家屈就一晚，明天吃早餐之前，我會直接通知那位成功的買家。換句話說，沒收到通知的朋友，可以自行下山，梁言先生會安排交通，就是這樣，晚安。」

沒有人叫住他，相信，也沒有人叫得住他，他來去匆匆，一個箭步竄出飯廳，跑上樓梯，不見了。大家心裏有數，叫住他也沒用，說得客氣點，此人是個天真的傢伙，說得直接而貼切的，他太無知了，在座的「客人」全非善男信女，易請難送，得不到Mr. C或他手上的機密檔案，絕不罷休。

有一點不明的是，這個無知的陶公子，怎會跟Mr.

C扯上關係？還出頭替他搞拍賣會？

還有，露絲何以參與其中？今晚定要到她房間，問個明白。

「Okay，我們繼續吃東西。」露絲笑道。

我暫且把問號吞進肚裏，拿餐刀切一小截香腸，送進口裏，原來香腸外層包了一塊煙肉，一咬——

嘩！肉太鹹了！我連忙吐回碟裏，雖然不禮貌，但無論口感、味道、健康，都不容我吞下這口鹹得要命的煙肉包香腸。

惠香和南美人也同時吐出香腸。中東人甩掉門牙，早已食慾全消，惟獨東歐人大口大口的照吃如飴。硬包加鹹腸，歐洲人的重口味，果然有別於其他地區的飲食文化，怪不得陶公子不動刀叉，梁言光喝酒不碰晚餐，他們一定另備食物，晚上躲起來獨自享用。

「吁，大局已定了，乾杯。」惠香舉杯暢飲，看似心情暢快。

「拍賣結果還未揭盅，言之尚早吧。」我應道。

「實不相瞞，我必勝無疑，因為我出的是天價。」惠香仰臉，瞧我一眼，她的目光充滿自信。

「天價？」

「現在說出來也沒關係。我出的價錢是九千萬英鎊轉會費、九百萬英鎊年薪，另外，肖像權、廣告費、球衣銷售等，一律五五拆帳。都是破紀錄的價錢，Mr. C 的身價將是全球最高。」

「嗄？」我想起球星買賣，「你先前說代表的那位爵爺是？」

「費格遜爵爺。」

「曼聯的費格遜？」中東人掩着嘴巴道。

「正是。」

「費格遜不是已經退休嗎？」南美人也插嘴。

「爵爺退而不休，一生為曼聯盡忠。」

「費格遜怎會派你——一個日本女人，作他的代表？」東歐人上下打量惠香，眼神充滿種族和性別歧視。

「爵爺一向看重亞洲人，看，中國的董方卓、韓國的朴智星、日本的香川真司，都是從前或現役的球員，爵爺請我作代表，我半點不覺得奇怪。」

「問題是，曼聯買Mr. C做什麼？」我問。

「Mr. C在皇馬並不快樂，他重返奧脫福，大家都很高興，他自己也高興。」

「你以為Mr. C是C朗？」我瞪大眼睛。

「不是他是誰？」

「你買C朗，該去西班牙！」南美人雙眼比我瞪得更大。

「爵爺說，簽約之前，不能曝光，所以選擇在瑞士。喂，你們也沒去西班牙啦，明知故問。」

原來是個「搭錯車」的女士來「搭枱」。

「乾杯。」我無話可說，拿起酒杯。

「乾杯。」中東人、南美人、東歐人也附和。大家都懂得計算，五減一剩四。

「惠香小姐，你搞錯了。Mr. C不是C朗。我們的拍賣會與C朗絕無關係。」露絲為惠香的美麗誤會劃上殘酷的句號。

「什麼？怎會這樣？你不是說笑吧？你們是什麼人？幹什麼把我帶來這裏？你們拍賣什麼？」惠香一時不知所措，急得雙目含淚。

「先讓我搞清楚一個問題，你的請柬從何得來？」露絲問。

「請柬，你指皇馬給曼聯的邀請信？」

「這是你在機場給我的。」梁言「啪」的把一張請柬重重的擲到惠香面前那碟香腸上面。

「這東西⋯⋯ 我沒見過。我在機場給你的⋯⋯ 是一封爵爺寫給皇馬領隊的親筆覆函。」

「信封裏只有這張請柬。」梁言肯定地指着擱在香腸上、被蒜蓉汁沾濕的請柬，「若不是有請柬，我根本不會讓你來。」

「奇怪！覆函變成請柬，到底發生什麼事呢？讓我想想。」惠香陷於苦惱困惑，「我記起了，在巴黎等候轉機時，我到酒吧喝酒，曾將覆函拿出來，當時吧枱的美國男人跟我有一句沒一句的搭訕，他也有一個類似的信封，啊！一定是無意中對調了！天呀！我竟出了這個愚蠢的錯誤，爵爺，我辜負你的重託……」惠香雙手按頭，後悔不已。

「明天你回英國好好跟他解釋吧。」露絲拍拍惠香的背，「各位，晚餐之後，請回房休息。客房在西翼二樓。你們的行李都放在二樓走廊，取回行李，自由挑選房間，晚上鎖好房門便可。」

「你的房間在哪？」南美人色迷迷地問露絲。

「我不會告訴你的。還有，Ben叔和Polly嬸稍後下山回家，明早才回來弄早餐，你們儘量吃飽，今晚不會有人煮夜消。」

香腸太鹹，麪包太硬，菜湯太淡，今晚沒可能吃得飽。幸好，露絲那兒有杯麪。

3

從前杯麪吃得多，今晚在露絲房吃的，特別美味。

「慢慢吃，小心嗆着噢。」露絲知道我的胃口大，我才吃了第一口沙嗲牛肉湯麪，她已為我浸泡另一杯海鮮味湯麪。

「雪⋯⋯好味，你⋯⋯何以⋯⋯雪⋯⋯」

「我在杜拜住厭了，便帶着行李到機場去，打算隨意購張機票離開，結果去了加拿大的多倫多。我是在多倫多遇見陶公子的。」露絲知道我的心意，主動解開疑團，「從前當記者時，我曾訪問他，那年他旗下的基金成功收購卡爾加里的油田，轟動一時，細談之下，原來他只是個紈袴子弟，繼承家族產業，收購油田乃基金團隊祕密策劃，詳情他一無所知。我們在多倫多重遇，他還記得我，以為我仍是記者，主動向我透露Mr. C拍賣會的計劃，並邀請我當主持人，酬勞包括事成後讓我獨家報道，理由是他和梁言，一個不擅組織，一個不擅說話，都不勝任。」

「那混蛋，吃飽飯沒事做嗎？」我吃光沙嗲牛肉湯麪，還未滿足。

「不錯，吃飽飯沒事做，是他的生活常態。他還有一個特徵——有錢沒地方花。」

「他真箇不知天高地厚，南美人、東歐人、中東人，都沒『搭錯車』，他們可能是特工、殺手，甚至恐怖分子，全部有備而來。那幫人，陶公子一個都招惹不起。簡直不知死活，他憑什麼如此膽大妄為？」

「梁言。他憑梁言。」露絲掀開海鮮味杯麪的錫紙杯蓋，「兩分鐘啦。」

「那個酒鬼？他看來有些蠻力，但力大有用嗎？新界的水牛力氣蠻大，但現在亦沒田可耕呢！」

「梁言不簡單，這趟，你看漏了眼。」

「他有什麼不簡單之處？」我夾起一箸麪。

「神槍手。」露絲不似說笑，「梁言是個神槍手。」

「哈哈，醉眼昏花，如何瞄準！你這笑話太爛了。」

「他不用眼睛瞄準，而是用耳朵聽，憑聲音鎖定目標。」

「哎呀，你愈說愈離譜。盲俠聽聲劍，我倒在老舊的日本電影看過。醉貓聽聲槍？聞所未聞。」

「我也是頭一遭遇見。一個月前我們到達瑞士，打點拍賣會的事情。一天早晨，梁言在樹林裏開槍，呯呯嘭嘭的把我吵醒，我跑出露台看個究竟，陶公子也在露台上，他說梁言不時發酒瘋，亂開槍。初時我見梁言似乎的確在林間胡亂開火，沒瞄準，沒目標。後來，好奇心驅使，我再拿望遠鏡仔細觀察，方發覺，他在射落葉，那些從樹頂飄落的葉子。」

「憑聲射葉？沒可能，你不要把想像當作事實。」我仍夾着剛才那箸麪，已忘了吃。

「信不信由你。總之，若你有機會跟他對決，千萬不可輕敵。」露絲指着我的筷子，「麪涼了。」

「哦。」我把麪送進口裏，「雪⋯⋯唔，另一個關鍵問題，雪⋯⋯Mr. C在古堡嗎？」

「我不敢肯定。陶公子的言談之間，Mr. C似乎人在古堡，他有時會說，我先問問Mr. C，便獨自跑開。但，我沒見過Mr. C本人。我已搜遍古堡大小角落，除了那座高塔。」

「為什麼不搜高塔？」

「鎖上了。鎖匙在陶公子身上。他叮囑我不要走近高塔，卻沒有說明原因。雖然區區一把門鎖攔不住我，但目前尚未到跟他翻臉的時候。」

「唔…… 就讓我來跟他翻臉吧，雪……」我放下筷子，「對啦，我們收到請柬，相信不是湊巧吧？」

「陶公子一共發出五張請柬。寄出前，我偷偷換了其中一個信封。」

我瞧着她，說：「M派來瑞士的，有可能是阿漆。」

露絲沉默片刻，終於問：「阿漆，他好嗎？」

「他不快樂。」

「我明白，我也不快樂，我不知該如何抉擇？唉！」

「感情的確不易處理，唉！」

「你身在福中不知福，還學人家唉聲嘆氣。」

「我與R，情況也不樂觀。」

「你幹了什麼惹她生氣？」

「我也不知道。」我放下筷子，「我想來想去，勉強有關的，是我們在泰北追蹤蘭姨時，有一天我與阿Ken乘直升機深入金三角，錯過R的來電，她留言，說有事要讓我知道，後來我覆電話給她，她卻說沒事了，還着我專心任務，不用掛心。初時，我以為真的沒事，回港後，R的情緒起伏很大，對我忽冷忽熱。一定發生了什麼事！」

「該不會是她的情緒病復發……」

「咯咯——」

有人叩門。

「誰？」露絲在門後問。

「梁言。」他在門外應。

「什麼事？」

「開門再說。」

我與露絲對望一眼，默契來了，她撥亂頭髮，鬆開兩顆鈕扣，我快快脫掉T恤，再慢慢穿上。

露絲拉開房門。

梁言拿着洋燭站在門外，掃我們一眼，表情有點錯愕，說道：「你在這裏。」令他誤會我們有曖昧，總勝過給他知道我們是舊相識、老拍檔。

「你找我？」我穿回T恤。

「你們到飯廳去。」

「靚女，你不是說過，今晚沒夜消吃的麼？」我故作輕佻地朝露絲笑了笑。

「有人死了，在飯廳裏。」

我頓時收起輕佻和笑容。

誰死了？

WINE

II 亦敵亦友

夜探高塔，行藏敗露，

專業特工遇上醉貓保鑣，高手對決，

最後竟來個不打不相識？!

命案相繼發生，是意外還是他殺？

1

南美人死了，倒在酒櫃前面，臉伏地板，Polly嬸用來斬裸麥麪包的菜刀砍在他的後腦勺，滿地鮮血，餐桌上的物品擺置，跟我們用餐後離開飯廳時大致一樣，想必是Ben 叔和Polly嬸要趕在天黑前下山，來不及善後，只有小量雜物給打翻了，沒有激烈的打鬥痕迹。

兇手是誰？

惠香首先發現死者。

「我睡不着，因為……肚餓，所以到飯廳來看看有沒有剩下什麼吃的。飯廳沒點上燈，很黑，我拿着洋燭東照照，西照照，不覺踏着地上的……血，滑了一跤，跌在……屍體旁邊。」

惠香給嚇得臉無人色，挨坐一旁哆嗦，胸前衣襟血污斑斑。

她發現屍體時，梁言剛巧經過飯廳外面，他聽見尖叫聲，馬上衝進去，看見她跌坐在死者旁邊。

「是謀殺。」梁言檢查屍體後，認真地作出這個一看便知的結論。

「誰幹的？殺人動機是什麼？為什麼在我的地方下手？驚動官府，肯定麻煩死。」陶公子坐立不安。

「我們五人今天才首次見面，可以排除舊仇宿怨。」我逐一打量眾人，「惟一引發殺機的，應該是拍賣方式。」

「沒道理，我的構思公平公正兼備，過程保密又安全，不會出問題。」陶公子第一個不服氣。

「陶公子，你只叫我們出價，我若死了，即使出價最高也沒用，因為你不知我代表哪個組織。兇手看出這個漏洞，只要把有可能出高價的人殺死，你惟有跟兇手成交，別無選擇。」

「香港人，你想到這漏洞，然則，你就是兇手了。」我被東歐人搶白一番。

「難道，你沒想到這漏洞麼？」我瞪着他。

「嘻，我也想到。但，我不是兇手，你亦不是兇手，因為……」東歐人露出一個奸滑的笑容，「根本沒兇手。

南美人死於意外，大家不要把事情弄得太複雜。」

「何以見得？」陶公子問。

「實情是，今晚我們沒一個吃得飽，南美人第一個抵不住飢餓，跑來飯廳找吃的，Ben叔弄晚餐時煎過香腸，油污四濺落在地板上，但未及清潔，南美人踩着油迹，不小心跌了一跤，後腦不幸撞落菜刀之上，死了。」

「你親眼看見？」露絲質疑。

「純屬推理。」東歐人頓了一頓，續道：「我在晚飯後的推理一向不差。」

「合理，你的推理，合情合理。」陶公子拍掌贊同。

「罷了，不管謀殺抑或意外，始終有人死掉。」中東人的聲音微微發抖，邊說邊退後，「我已失去一枚門牙，不想失去性命，我只是個出價代表，出了價，功成身退。陶公子，我把電郵地址寫給你，你有需要日後可聯絡我，我今晚就離開古堡。保命要緊。」

「拍賣還未落實，你不能中途離開，這不合規矩。」陶公子板起臉孔。

「我習慣不受拘束，從來無視規矩。」中東人挑戰主人家的權威。

「你在我的地方，就要依從我的規矩。」陶公子立時發作，像個給怒氣注滿的汽球，氣忿忿的鼓着腮幫子。

「我不依從，你拿我怎樣？」中東人也發惡，反唇相向。

「沒怎樣……」陶公子隨即洩氣，退到梁言背後，抿着嘴巴。

中東人用鼻頭「哼」了一聲，向我們揮揮手，便轉身拉門。

「你問准了我沒有？」梁言低頭喃喃道。

「卡嚓——」中東人旋動門把。

「呯——」

門把遭子彈轟爛。

惠香驚呼，陶公子亂叫，露絲躲到高靠背椅後面，東歐人抓起餐桌上的刀叉，我舉起晚餐剩餘的半個裸麥麪包。

M10的槍嘴冒出硝煙。左輪手槍握在梁言手中。由拔槍至扣扳機，他沒瞄過目標一眼，整個過程，我全看在眼內。

果然是憑聲射擊！

「哎呀…… 你……」中東人狼狽地跳開，右手給震得虎口流血，他用左手按住傷口，低聲呻吟，不敢造次。

「我說是謀殺，就是謀殺。你們每一個都有嫌疑。現在返回房間，不許外出。日出之前，我會揪出兇手。」梁言「唰」的把M10插回槍套，「在我的in-tray，沒有不能破的case。」

「何必小題大做呢？」東歐人放下刀叉，仍想說服梁言南美人死於意外。

「我的話，你們都聽好，我不會重複。不合作的人，我會視為頭號疑兇。」

「Okay，Okay，我合作，我回房。」東歐人順手取去桌上那尚餘半瓶的白酒，遞給中東人，「朋友，喝杯酒，定定驚，然後去睡覺，明早安然下山。」

「今晚我決不會閉上眼睛。要殺我，倒要花點氣力。」中東人沒接過白酒，悻悻然走回西翼。

「你不喝，我喝。」東歐人毫不緊張。

露絲扶起惠香，走出飯廳，我拋下硬麪包，尾隨她們，只聽見身後的陶公子在埋怨：「我寧願你一槍射死他！大大的一個人站在門前，你竟然射中一個小小的門把？你可知道，這古堡裏，就是一個門把，也是古董，可以賣很高價錢……」

* * *

東歐人的過分鎮定，中東人的過分憂懼，都不尋常。

兩人都可疑。

如果把古堡裏的七個人按可疑程度區分，撇開我和露絲，陶公子和梁言沒殺人動機，惠香是個「搭錯車」的弱質女流，可疑程度極低，剩下的東歐人和中東人，他們既有動機，又有能力拿起菜刀砍斃南美人，兩人各有二分之一機會是兇手。

範圍收窄至二人，要查出真兇，不難。

當然，人同此心，心同此理，東歐人與中東人也想到這點，從兩人離開飯廳時回頭望我的眼神，我隱約感到，他們亦把我視為那二分之一機會的兇手。意外的是，兩人似乎沒半點心虛，至少從他們的眼神中，我看不出心虛。

由此可見，真兇的心理質素極佳。

至於梁言那句「在我的in-tray，沒有不能破的case」，倒有點似曾相識，在哪裏聽過？是誰說的？一時記不起來。

在古堡裏，他要偵破謀殺案，我也要查明真相，各幹各的，且看誰的行動較快，本事較大。

我不知、也不管梁言如何入手，而我的首個目標，就是那座高塔。

2

晚唐詩人杜牧有一首與高塔有關的七言絕句，寫一個住在塔裏的僧人——

初月微明漏白煙，
碧松梢外掛青天。
西風靜起傳深夜，
應送愁吟入夜蟬。

瑞士日夜的溫差很大，入夜以後適逢下了一場小雨，山風乱起，氣溫驟降，我披上連帽風衣，悄悄來到塔下，不知怎的，突然想起杜牧的詩句。高大的石塔直立在青天初月之下，塔裏塔外，漆黑死寂。古堡東翼的平台上，遍地樹影，搖搖曳曳，斑斑駁駁。風吹過，滿山松濤，夜愈深，愈是靜得了不得，若把碎石踢落懸崖，彈撞石壁，隨時引來山鳴谷應。梁言此刻在古堡內走動，調查兇案，他耳力過人，我必須小心，不能弄出半點聲音，給他發現我夜探高塔。

高塔的正門，亦是惟一的出入口，笨重的鐵閘牢牢闕着。閘後黑沉沉的，像個巨大的獸籠，什麼人會住在裏面？

當然不會是僧人。

弄開閘鎖不難，難在絞起重甸甸的鐵閘而不發出聲響；絞盤轉動，鐵鍊拖拽，必定錚錚有聲。

此路不通。

我惟有走近崖邊，上下觀察，塔上的方窗，可以一試。石牆凹凸，雖然雨後濕滑，但以我的輕功，難不到我。我拍拍心口，擦擦雙手，看準牆上離地約四米處的一塊凸石，略為調整呼吸，便飛身躍起，右手五指如鉤揮出，精準地抓握凸石，雙腳隨即左右橫掃，在石隙之間尋到些微踏足之處，穩住身子，再調整一下呼吸，騰出左手往上探，找到支點，發力縱身而上，手足並用，游牆而攀。

陣陣山氣襲來，帶着寒澀的草木氣味。高塔傍崖而建，與峭壁相接，塔壁陡直，腳下一片深黑，黑得無法探視，也深得難以揣度，要是失足掉下去，不知要在空中驚恐、掙扎多少秒才粉身碎骨？

抬頭，離方窗尚餘三步。如果《格林童話》裏的長髮公主站在窗前，垂下長髮，把我吊上去，省時省力，那多好！童話歸童話，現實歸現實，塔裏沒公主，連一個女人也沒有，若有人的話，可能就只得一個叫Mr. C的男子。無名氏的小說《塔裏的女人》，書名起得浪漫，但故事裏只有女人，沒有塔，書名不明所以。要是陶公子把Mr. C藏在塔裏，也是不明所以。

呀！又多上兩步，只差一步。我鼓起餘勇，奮力一跳，左手攀緊窗台，使勁撐起身體，右手施展「大力鷹爪」，「喀嘞」的把一根長鏽的窗花鐵枝扭斷了。還有兩根。幸虧鐵枝長年受盡風吹雨打，變得脆弱，才一下子扭斷，不然的話，我困在窗下，上不通，下不達，那就丟臉了。

我大大吸一口氣，再接再厲，又扭斷一根鐵枝，空間勉強夠我穿過，便弓身攀上窗台，縮起肩膀，收腹，側身鑽過方窗，滾進塔內，無聲着地。

塔內瀰漫一陣霉臭，肯定久久沒有人打掃，看來高塔不屬Ben叔和Polly嬸的清潔範圍。

我從褲袋裏摸出袖珍電筒，開亮，左右照射一圈，隨即熄掉，即使是微光，亦盡可能不讓塔外的人察覺。

電筒所照之處，我匆匆一瞥，大失所望，塔內空無一物，地板上鋪滿厚厚的灰塵，除了我的三兩足印，長期沒有人來過。

Mr. C顯然不在這裏。

一道螺旋鐵梯貫通上下，最下面是高塔的出入口，上面是什麼地方呢？陶公子不許外人進入，必有原因，既然來了，不妨探個究竟。

於是我放輕腳步，試踏一下鐵梯，鐵梯堅固，我便放心踩上去，更上一層樓。此層沒有窗戶，我放膽開亮電筒，由於空氣不流通，霉臭更加濃烈，我連打三個噴嚏，鼻子仍癢，彷彿氣道和肺部積滿塵垢。

不會有人願意在這種又臭又髒的地方逗留超過三分鐘。算吧，我想不可能在高塔裏找到活人，不過，橫橫直直擺放在地板上的八個大鐵箱也頗特別，因為鐵箱大得足以存放一具屍體。陶公子會不會殺人藏屍？抑或藏着什麼不可告人的祕密？

我好奇地打開其中一個，空的，另一個，也是空的，八個鐵箱統統打開，全是空的。奇怪？古堡主人大費周章在塔下安裝鐵閘、銅鎖，為了保護八個空箱子？不合常理。

雖然我百思不得其解，但不執著於答案為何，我來，為尋人，不為猜謎，猜不透，解不通，便放棄。正要離開高塔，查探別的地方，才走了兩步，踩着一塊鬆動的地磚，糟！心叫不妙，耳後弦響，危險——

我沒處可避，惟有蜷身撲前，躲進大鐵箱之中，掩上箱蓋。

「啪……」

大量硬物插擊箱蓋、地板。箱外一片恐怖、混亂。我的心不禁卜卜猛跳。

過了一會，箱外終於沉寂下來，我緩緩推起箱蓋，露出一線空隙。袖珍電筒丟在箱外。微光之下，但見四周密麻麻的插滿弩箭。我暗暗捏一把冷汗，小心推高箱蓋，爬出鐵箱，不敢碰觸未曾觸及的地方。我拾起電筒，照射天花板，先前什麼也沒有的天花板，如今暗門敞開，露出一張張弩弓，再看清楚，有些弩弓完好，有些早已損壞，嘩！好險！估計剛才第一發弩箭因弩弓損壞，只是空弦，這反而變成「警示」，讓我來得及反應，即時躲避，沒成箭豬，想起也心寒。

然而，弩箭危機及時避過，新的危機又起，因為機關發動時，地板同時伸出一道鐵柵，把螺旋梯隔開，堵死我的退路。高塔外面響起牛鈴般的「鐺鐺……」

*　　　*　　　*

行藏敗露，我得馬上離開高塔。

沒猜錯，梁言將是第一個趕過來逮捕「竊賊」的人。

螺旋梯被鐵柵封住。

我俯身去拉。

「啪——」瑞士軍刀從口袋裏跌出，管它，我使出吃奶的力去拉，但鐵柵紋絲不動。

改用「大力鷹爪」去扭，用腳踹，扛個鐵箱去砸，拾枝弩箭去捅，都不奏效，鐵柵太堅固了！

我需要別的工具，身上可沒有，四周，只剩下地上那柄瑞士軍刀，「刀仔」鋸大樹，倒聽過僥倖成功的例子，可是，「刀仔」鋸鐵柵，天方夜譚吧？但事急馬行田，什麼也要一試，總勝過坐以待「拉」。我拾起軍刀，正要把摺刀拉出，咦？竟拉不動，細看，原來摺刀是假的，這「軍刀」不是軍刀，那，它是什麼東西？拉無效，嘗試按——

「吣——」

一道鐳射光束從「刀柄」末端射出，恰巧射在鐵柵之上，觸鐵即溶。厲害！肥安竟然塞給我一件祕密武器！他說不清楚，我又沒看清楚，如果我對正自己按鍵，豈不會替肚子開個窟窿？我太大意，肥安也太不負責任。算了，逃出去之後，再找他算帳。

我一口氣鎔斷四根鐵枝，再大腳一踹，把鐵柵踹開，立即「登登登」的跑下螺旋梯。

就在此時，樓下的鐵閘「嘞嘞嘞」的拽起。

梁言殺到。不好！

我收步，轉身，閃到螺旋梯後方……

「你！梯後的人，別動，否則開槍！」梁言站在鐵閘下，一手持槍，一手拿電筒，喝令：「高舉雙手，讓我看見，背向着我，慢慢一步一步退出來。」

Stop and Search，步驟有板有眼。我想起來了。

他是神槍手，我身手再快，也不及子彈快，惟有投鼠忌器，乖乖合作，舉起手退到高塔正門。

「站定，慢慢轉身。」

「你是梁賢。」我出其不意地說。

「我當然是梁言。」他用槍咀抵住我的背脊。

「梁賢，不是言語的言，是賢德的賢。改名不換姓。」我最討厭被人用槍抵住身體，任何部位都不能。

「你是？」

大抵太久沒人喚他梁賢，他登時為之一愕，我就乘他這一愕，側身，右手揮出，手刀斜劈，劈中他的右腕，劈跌他的手槍。他的反應也快，挺身撲上來，拿電筒朝我的額角敲去。我一低頭，避開他的電筒，右腳偷步而上，迅速反迫過去。我高他矮，我利用身高的優勢，左臂由外向內擒抱他的後頸，左膝即起，想要使出一招「鎖頸頂膝」，痛擊他的腹部。滿以為一招就可把他技術擊倒，給他一個教訓，以後就不敢用槍抵住我。誰知，他甩掉電筒，雙掌於胸前一錯，封擋我的膝撞，更連消帶打，像蠻牛一般向前俯衝，用頭直撞我的心窩，嚇得我慌忙變招，由鎖頸改為拍背，兼手執衣領，打算來個側手翻，翻過他背後，同時施展「拈衣十八撻」，把他摔個狗吃屎。但，我未曾躍起，他已從「蠻牛」化成「大灰熊」，一往無前的張開雙臂，來一記「熊抱」，攔腰將我牢牢抱住，並使力把我揪離地面。我一掙不脫，只好使個「千斤墜」，也不成，他的臂力很大，我還是硬生生的給他提起，撞向牆壁。

「龐——」

撞得我背部疼痛，震落一身灰塵。

我忍痛還以肘擊，對準他的脊骨位置，一記，兩記，三記。儘管他腰粗背厚，終究是血肉之軀，被我連番重擊，難抵劇痛，雙臂鬆開。

壓力一減，我馬上解鎖反制，掙開他的「熊抱」，側步閃到他背後，使出「十字頸鎖」，右肘窩曲成V型，從後勒鎖他的頸項，輔以左掌用力按壓他的太陽穴，不消十秒，他定必窒息昏厥。

他當然奮力頑抗，伸手亂舞，欲扯我的頭髮，插我的眼睛，可惜臂短，我的頭往後一仰，他扯不到，也插不中。

他拿我沒辦法，就不擇手段繼續使出「茅招」，這次，他想對付我右手最弱的部位——尾指！

犯規！無恥！

這裏不是擂台，沒有拳證主持公道。

他終於掰開我的尾指，猛力向外屈扭拗截，哎喲！混帳！十指痛歸心，痛楚難當，我被迫鬆開手，他趁勢扣住我的右腕，扳扭我的右臂，要將我反壓在地。可惡！他的「茅招」沒那麼容易得逞，我出左手勾抱他的左膝，先將他拉跌。

他跌而不亂，伸腿來夾鎖我的頭，弄歪我的眼鏡。我則抓緊他的足踝，死命向後屈拗。

總之，兩人滾在地上，埋身肉搏，氣喘如牛，手腳糾纏得一塌糊塗，難分難解。

與此同時，頻密而雜亂的腳步聲在東翼平台自遠而近……

* * *

兩分鐘後，陶公子、露絲、惠香、東歐人、中東人一同來到塔前。

陶公子和露絲拿着電筒，四處照射。

「鐵閘升起了。」露絲道。

「鎖匙在我這裏，按理，沒人能打開閘鎖。」陶公子隔着衣服拍拍褲袋裏的鎖匙包。

「進去看看，便知那人是誰。」東歐人提議。

「不可。」陶公子阻止。

「為什麼？」惠香問。

「你們有所不知，很久以前的古堡主人是個貴族，他在塔頂收藏財寶。為防竊賊，他在塔內裝置了機關、陷阱，和毒箭。現在財寶沒有了，機關仍舊保留，所以我們進不得。」

「可是，顯然有人在塔內，裏面的人豈不是有生命危險？」露絲想必為我擔憂。

「不要再搞出人命，拜託。」惠香雙手合什。

「我無恙，謝謝關心。」梁言施施然從塔裏踱出來，除了衣衫邋遢，身上沒有明顯不妥。

「你沒鎖匙，怎麼進去？」陶公子問。

「弄開這把陳年爛鎖，有多難！」梁言鄙夷，「你們放心，不過是一隻蝙蝠從塔頂方窗闖進塔裏，誤觸機關。」

「那…… 蝙蝠…… 可有遭毒箭射傷？」露絲小心地問。

「那傢伙，命大，逃脫了。」梁言謹慎地答。

「連蝙蝠都射不死，那些所謂機關，不外如是。」陶公子有點失望。

「咦？大夥兒都在這裏，惟獨不見那個香港人？」中東人左看右望，「難道他趁亂溜掉？」他缺了門牙，開口說話時，樣子怪怪，聲音也怪怪。

「香港人最守規矩，我說不許出房，他就留在房裏。」梁言拔出手槍，「你們三個，仍是疑兇，快回房間，我換過乾淨衣服，逐一找你們落口供。」

「我會合作，你不用拔槍，小心走火。」東歐人道。

「快回去，陶公子和露絲也回去，我關好鐵閘，隨後便來。」

梁言解釋得頭頭是道，眾人盡都相信，高塔的夜半鈴聲，乃「警鐘誤鳴」，於是相繼返回古堡西翼。

待他們遠去，我方從螺旋梯後一拐一拐的走出來。

*　　*　　*

兩分鐘前。

我和梁言滾在地上，手鎖腳，腳纏手，互不相讓，令我想起鷸蚌相爭的故事。

腳步聲漸近。

「我是…… 何Sir的…… 朋友。」我迫於無奈表露身分。

「哪個…… 何Sir ？」

「港島…… 區重案…… 組。」

「肥仔何？」

「現在是肥佬何。」

* * *

「我沒見過你，你怎認識我？」

「何Sir曾經提過你的事跡，他說你是所有師兄之中，槍法最準繩、辦案最幹練的一個。除了你那句口頭禪 —— 在我的in-tray，沒有不能破的case，還有M10左輪手槍是香港警隊的常規裝備，Stop and Search步驟等等，你的老習慣改不了。我舉一反三，猜想是你。」

「你也是警察？」

「不，我是特工，但有時會跟何Sir和嘉薰醫生合作查案。」

「嘉薰醫生的事，我略有所聞，他經常協助警方破案。」

「我們是好朋友。」

「你來拘捕Mr. C ？」

「不，別用拘捕這字眼。我來，只為查明拍賣會的虛實，以及Mr. C的所在，再報告上司，然後等候進一步指示。」

「Mr. C不在古堡之內。」

「那，拍賣會是真是假？」

「那倒是真的。陶公子透過電子網絡跟Mr. C溝通。詳情，我沒管他，所以不知道Mr. C人在哪裏。」

「說起來，你堂堂一位幹探，怎會跟着陶公子……」

「跟着他終日渾渾噩噩。該死！我倒霉的下半生。」

「鬱鬱不得志，所以，你借酒消愁。」

「唉！酒傷肝，肝傷則目弱，我的視力已大不如前。

幸虧，我的聽力還沒退化。十年了……」他慣性地摸出酒壺，拿在手裏，卻未有擰開壺蓋，「十年前，一個警隊明日之星，抵不住搞投資的親戚的慫恿，學人家炒孖展，結果，一炒就贏錢，一贏就沉迷。結果，他泥足深陷，無法自拔，愈炒愈大，愈輸愈多，只一年時間，他輸掉所有，還欠下一屁股債。他走投無路，坐在尖東海旁喝酒，打算多看一眼維港兩岸的虛幻璀璨，便吞槍自盡。那個晚上，尖東海旁人很多，他身後人來人往，但沒一人關心他，除了陶爺爺。他們相識卻不相熟，陶爺爺知道明日之星的事，也看出他有意自盡，於是主動提出幫忙，但有一個條件——一命換一命。」

「一命換一命？」

「陶爺爺說：我的錢多着，可以替你解困，你不用自尋短見。但，既然你的命是我救的，我惟一的男孫，是我的命根，你以後要替我保護他，保他長命百歲。」梁言喝一小口酒，「明日之星沒有選擇餘地，惟有辭職，天天跟在陶公子身後，無所事事。不過陶爺爺倒沒虧待他，更給他極優厚的酬金，年復一年，酬金加起來，比他炒孖展所輸掉的還要多。命運弄人，命運弄人！」他重重嘆了口氣。「說夠了，我們要把兇手揪出來。」難得有機會重操故業，他的查案熱情，星火重燃。

「好，東歐人、中東人，二選一。」

「我不相信中東人的驚慌是真的。我去查問中東人。」

「那麼，我負責東歐人，且看誰的運氣較佳，手段較高明。」

「好，我們分頭行動。走。」

3

我的房間在走廊前方，東歐人的在走廊盡頭，我站在房外，斜斜望向走廊盡處，東歐人的房門半開半掩，房內燭影綽綽，似乎有人在房內走動。

東歐人不是說過，今晚要安然睡覺嗎？

發生這麼多事，相信今晚誰都難以安枕。

我先回房間，脫去上衣，打開行李箱，取出幾塊藥水膠布，貼在手腳擦傷的部位，再挑一件乾淨的T恤和風衣，穿上。在高塔裏翻來滾去，渾身髒臭，真想淋個花灑浴，不過，我現在沒這閒暇。

換過衣服，我小心的把那柄大殺傷力的「瑞士軍刀」放進牛仔褲後袋，便一逕朝東歐人的房間走去。

走廊的梨木地板日久失修，有些地方鬆脫了，有些地方扭曲變形，走在上面，軋軋嘞嘞的，東歐人知道有人步步走近，會有什麼反應呢？不當一回事？凝神戒備？躲到一旁偷襲來人？行家一出手，就知有沒有，是龍是蟲，一交手，便知功夫高低。

經過中東人的房間、惠香的房間，都是烏燈黑火，毫無動靜，兩人可能怕得要死，躲在牀下不敢郁動。

最後來到尾房，禮貌地輕敲兩下半掩的房門。

「進來吧。」東歐人的聲音有點急躁。

我推開房門，只見東歐人坐在牀上，用枕頭作靠背，手裏拿着半瓶白酒，悻悻然說道：「你終於來了，兇手。」

惡人見得多，這個先告狀的，倒也罕見。

「你不是說南美人死於意外，沒兇手的嗎？」我步進房間。

「我胡說一通，就連那個日本蠢女人也不相信啦。」

「你以為我來殺你？」

「我不認為你來找我喝酒。」東歐人舉起酒瓶，骨碌骨碌的吞下一大口白酒。

我拉開一張木椅，擰轉，胸膛貼着椅背，面對睡牀，張腿坐下，瞅着東歐人，不作聲。

「看什麼？還不動手？儘管放馬過來，老子不怕你。」東歐人開始沉不住氣。

「你不用演戲了，我認為你殺人的嫌疑最大。」

「哼！你才演戲，休想轉移視線，令我放鬆戒備。」東歐人從牀上跳起，「不管你是否兇手，打倒你，我就多一分安全。」

我開始疑惑，他不像演戲，似乎外表裝作鎮定，其實心裏恐懼，其恐懼程度不亞於中東人。他可能不是兇手。從他的身體語言，他極想衝過來攻擊我，但又擔心打不過我，正處於動手與不動手之間的兩難。

「且住。」我從椅上彈起，舉起椅子擋住他，「我有話要問你。」

「問什麼……」他忽地晃了晃，步履不穩，退後扶住牀欄。這也是演戲的一部分嗎？我不可大意。

「你喝多了？」

「不會的……」他歪着頭，瞧瞧酒瓶，「這酒很淡，我…… 不可能…… 喝醉，不可能…… 頭暈。」鮮血一滴滴從他的鼻孔滲出，嘴角更溢出白沫。他渾然不覺。

他中毒？不是演戲，他中毒！

「你中毒。酒有毒。」

「什麼？」他察覺衣襟上的點點鮮血，再抹擦鼻子，滿手是血，鼻血如注長流，把他嚇得發愣。

「你慢慢坐下，身體儘量放鬆，別緊張。」

「救我……」他一臉惶恐、無助、脆弱，跟早前的鎮定、傲慢，判若兩人。

「把那個酒瓶給我，讓我看看你喝了什麼……」

酒瓶「咚」的丟落地板，剩下的半樽白酒汩汩流出。接着，他支持不住，「趴」的倒在地上，不省人事。

我蹲下檢查，沒有呼吸，沒有脈搏。

誰在酒裏下毒？

「啊！你，殺死他！」背後有人失聲驚叫，是惠香。她誤會了。

「我沒殺他，不是你所想的……」我回頭解釋。

惠香倚着房門，臉色慘白，拿着洋蠟的手不住顫抖。

「喂，千萬別誤會，我不是兇手，我可以解釋……」我上前安撫她。

「不要殺我！不要過來！不要……」

「冷靜，我不會傷害你……」

「呼——」

有人在小廣場上開槍。

那裏一定有事發生，或許，梁言正跟中東人交手。東歐人已死，疑兇只剩一人。我要趕去幫忙。

「東歐人是中毒而死，你別碰房內的東西。」我邊說邊退後，退到窗旁，一個後空翻，越窗而去。

III 幽靈再現

買家逐一遇害，主事人難逃一劫；
兇手現身，以一敵四，
醉貓以身護主，露絲命懸一線，
阿Wing束手無策……

1

瑞士的夏天，日長夜短。當我從東歐人房間的窗前翻身躍出之際，原來已屆破曉。遠山積雪首先反射晨曦，於夜幕之間，呈現一個朦朧的暗灰色倒轉三角形。昨夜無聲無息的成為過去，現在我身處半空，後空翻翻了一半，頭下腳上，下面是小廣場，梁言擎槍站在鵝卵石徑上，對準古堡圍牆入口處，「呯」的再轟一彈。

槍聲響過，餘音在圍牆之間「嗡嗡」迴盪，硝煙在風中消散。

後空翻盡了，我落在石徑旁邊，單膝跪地。圍牆阻隔視線，再看不見那個朦朧的三角形。

「是中東人。」梁言垂低手槍，「我遲來一步，讓他偷車逃去。」

「你射中他嗎？」看時，閘門升高，車路空蕩蕩的，只聽見逐漸遠去的車聲。

「我射中Mini Cooper的引擎。」

引擎噪音，憑聲射擊，梁言能射中引擎，我不意外。

不能白白讓中東人逃脫，我跳上一輛開篷的Land Rover，但找不到車匙。梁言慢條斯理的拉開車門，同時把一串車匙拋過來，道：「紅色那條。」

「快上車，追他。」我把車匙插進匙孔，啟動引擎。

「他逃不遠。引擎受創。我聽見雜音，Mini Cooper捱不到落山，中途若不拋錨，我給他挽鞋。」

話雖如此，梁言一坐下，我便踩油開車，同時道：「東歐人死了。中東人極可能是兇手。」

Land Rover飆出古堡，衝向山路，引擎「虎虎」，可惡！前面不遠處又是一個討厭的「髮夾彎」，我被迫減速。

「東歐人死於？」

「中毒。」

「中毒……」梁言沉吟不語。

俗語說得好，上山容易落山難，用來形容此刻的狀況，最貼切不過，既要注意急彎，又要兼顧車速，太快，隨時撞山墮崖，太慢，會讓中東人逃脫。我的右腳在油門與煞車掣之間，時左時右的踏落、鬆開，左腳不離離合器，右手不停換檔，左手頻頻轉動方向盤，忙得額角冒汗。

「中毒……」梁言拿出酒壺，擰開壺蓋，打算喝一口，此時車子剛巧入彎，Land Rover「甩尾」，車身飄移，他的手一晃，半口酒濺到衣襟上，「他為何要逃…… 他不應該逃……」

「嗄？什麼要逃又不該逃？你把我弄糊塗了。」

「我說中東人，他為何要逃？」

「他連殺兩人，畏罪而逃。」

「他來，不是為殺死兩個不相識、沒仇怨的人，他要的是Mr. C。他逃離古堡，就沒機會得到Mr. C。」

「這樣，看來他的確懼怕被人殺害，為了保命，寧願放棄Mr. C……」我指着前路，「啊！他翻車了！」

前面，Mini Cooper四輪朝天，橫擱在對面行車線上，中東人則躺在十多米外的路肩上，一動不動，看來凶多吉少。我亮起高燈，駛近，停下。路面沒有緊急煞車時留下的胎痕。可以想像，Mini Cooper沿斜路直衝而下，直撞山坡，向後反彈，繼而向外翻轉。衝力之大，車頭變形，玻璃全碎，沒扣上安全帶的中東人給拋出車外。

我們下車，梁言跑去察看東中人的情況，我則檢查Mini Cooper的掣動系統，這輛車我昨天開過，機械性能良好，今天它直撞山坡而沒煞車，原因不出兩個：司機沒踩煞車掣，或者煞車掣失效。

「他死了！」梁言在那邊喊道。

「掣動系統遭人破壞。」

「給我射壞的？」

「破壞並非槍擊造成，是刀割，喉管上有刀口，煞車油漏光。」我趴在地上，打量駕駛座，「他是如何得到車匙？」

梁言回到車旁，搖頭道：「所有車匙由我保管，不過另有一套備用車匙，放在書房的鑰匙箱內，要偷，挺容易。」他看過我所指的喉管，點頭道：「車禍不是意外，是謀殺。連他也遭殺掉，剩下的可能，只有……」

「她？不可能吧？」

「還有其他疑兇嗎？」

「沒有。」這是個無可奈何的答案。細想之下，「她……其實……不無可疑。」回想在東歐人的房間之內，她左手拿着洋燭，不住發抖，還歇斯底里的求我別殺她，但她的右手一直收在背後，不好！「上車！回去，快回去！你趕快打電話給露絲或陶公子，叮囑他們提防。」

我們奔回Land Rover。

天色漸明。

我開動Land Rover，三扒兩撥完成窄路掉頭，全速折返古堡。

梁言登車後，一直打電話，但聯絡不上露絲或陶公子，對方電話無人接聽。

我的擔憂逐漸增加。

梁言的神色亦罕有地凝重起來。

後面，燈光閃閃，車聲隆隆。

回頭一看，是一輛深色的七人車。車上的人沒有理會翻轉的Mini Cooper和死去的中東人，只管追緊我們。

「他們終於找到這兒。」梁言把手機放在擋風玻璃前面。

「他們是什麼人？」我問。

「CIA。我每次到機場接機，總要擺脫他們的纏擾。」

「人多添亂，要阻延一下他們。」

「簡單，讓我射破他們的輪胎。」梁言拔槍。

「暫時不適宜用槍。」

「為什麼？」

「美國佬最介意被人用槍指住。看見你拔槍，車上的人一定發瘋，抓狂。讓我來吧。」

「你掏出瑞士軍刀，想擲飛刀刺破輪胎嗎？」

「這把不是刀。」我把車正正的停在馬路中央。

「奇了，這明明是價值三十法郎一把的紀念品……」

「殊，別吵，坐定看我變戲法。」我盯着倒後鏡。

七人車駛近，減速。

我反手舉起「瑞士軍刀」，按鍵——

鐳射光束射出，正中七人車駕駛座下面的輪胎。

我隨即開車。

「就這樣？」梁言才開口問，後面，七人車「卜」的「爆軚」。

「你這玩意真厲害，但我沒在你的行李中見過。」

「給你找到，我就不是專業啦。說起來，你拿着我的行李箱，那麼累贅，怎樣避過CIA的跟蹤？」

「我有祕密通道。陶公子買下機場餐廳，當我乘坐運送廚餘的貨車離開機場，CIA的專業——特工——還在餐廳外面乾等。」

「怎麼不帶我一同走祕密通道？」

「正如我在機場所說，參加拍賣會，就要露點本事。」

「惠香呢？我倒有興趣知道她有什麼本事。」

「她…… 跟我一同走祕密通道。」

「哦！她果然有本事。」我睨梁言一眼，「她如何說服你？」

「不說可以嗎？」

「男人，挺容易對付。一晚就幹掉三個。」

「對，真箇人不可以貌相。」

2

說着，已抵古堡。

就在Land Rover駛進小廣場的一刻——

「救命呀！梁言，快來救我！她要殺我呀！」陶公子殺豬般大吵。

「在上面。」梁言推門下車，儘管Land Rover還未完全停定。

抬頭看時，陽光耀眼，初升的旭日剛巧與東翼平台、小廣場成一直線。我們在小廣場上向東看，只見平台上兩個人影在追逐，一男一女，男的大聲呼救，肯定是陶公子，追殺他的，依稀是惠香。

梁言射擊，不受陽光影響。他握槍在手，側耳細聽，嘗試鎖定兩人的位置。

我跳下Land Rover，拔足奔往東翼，看準牆邊一株高大的五葉松，縱身躍上，腳蹬樹幹，手攀樹枝，借力彈起，飛登平台，驀地——

「颼——颼——颼——」

暗器破空之聲，來自平台背光之處。受日光所盲，我無法視物，只聞其聲，便知來勢凌厲，凶險之極。一眨眼，暗器已臨眼前，是一柄飛刀。我人在半空，毫無憑藉，也沒法閃避，惟有硬接。我只有一次機會，於是孤注一擲，兩指一夾，僥倖把飛刀夾下，但被它一阻，上騰之力消耗淨盡，勉力提腿往牆頂踏過去，奈何尚差兩呎，一腳踏空，失去平衡，旋踵下墜。

此刻，我有充分理由證明地心吸力的確存在。

在同一時間、同一空間。

「呯——」梁言開槍。

「噹——」「哎呀！」陶公子中槍又中刀。

「啊！」梁言中刀倒地。

「啪——」我摔落在鵝卵石徑上，重重的，背部痛得爬不起來。

「軋——」七人車追到，停在圍牆入口。

爬不動也得爬起來！我咬緊牙關，忍痛站起來。

梁言仍躺在地上，胸口中刀卻沒流血，反飄來一陣酒香，原來飛刀隔衣插穿他的金屬酒壺。他額角流血，人不清醒，大概中刀仆地時，腦袋撞着硬物。但他的性命無虞。

除了背痛，我也沒大礙，但陶公子呢？還有露絲，不見她在附近，不知她是危是安。

我拾起梁言的M10左輪手槍，再攀樹而上，上到平台，惠香竟在高塔旁邊脫去和服款式的長裙，跳下懸崖。

她跳崖自盡？不合邏輯，跳崖前幹麼脫衣服？

我跑過去，往下望，惠香急墜而下，眼見她快要粉身碎骨之際，她大字型的張開手腳，原來她穿了一套「滑翔飛行衣」，臂腰和兩腿之間，頓時多了三個沖壓式膨脹氣囊，氣囊用韌力和張力極強的物料製成，能在空中產生浮力，大大減慢下墜的速度。

從谷底上升的氣流，將惠香的「翅膀」托起，她隨即調整手腳的角度，改變航向，由垂直下降變為水平飛行，朝山谷小鎮飛去。

我舉槍瞄準，扣扳機——

「呼——呼——」

可惜，她已飛得太遠，超出射程範圍，子彈一一落空。

射不中，她走運。

「哎喲，我流血……」陶公子躺在我的腳邊呻吟。

他的衣衫被刀尖劃破，肚皮受了輕傷。不遠處的地上，滾着一枚彈頭，遺下一柄給子彈射凹的飛刀。

惠香佔着背光的地利，同時放出三柄飛刀，分別擲向我、梁言和陶公子，要一舉取去我們三條性命，計劃陰毒得無懈可擊。可是，她不知道有「醉貓聽聲槍」。梁言憑聲辨位，在千鈞一髮之際，開槍射歪那柄快將陶公子貫胸的飛刀，寧願自己中刀，一命換一命。誰也沒料到，那個象徵酗酒傷肝的酒壺，竟為梁言擋了致命一刀。

「到底發生什麼事？」我彎腰問陶公子。

「那個臭婆娘搶我的手機，又想殺我，謀財害命。梁言那龜蛋，吃裏扒外，趁亂開槍射我。」陶公子坐在地上，眼淚汪汪，雙腳亂踢，「你看，我在流血呀！不知中槍還是中刀，總之，我受傷，流血，快沒命啦！人人都想我死，我做錯了什麼？你們要暗算我……」

「閉嘴！」我火了，大叱一聲。這混蛋真不可理喻。

陶公子一怔。

「露絲呢？露絲在哪裏？」

「露絲死了，被日本婆娘用刀割斷喉嚨。」

他的話，彷如晴天霹靂，劈在我胸口！

「不會的！」我拋掉手槍，失控地把他從地上揪起，

「你看清楚沒有？你有沒有說謊？」

「痛呀！你抓痛我的手臂。好啦，好啦，我沒看清楚，但沒說謊。那臭婆娘出刀偷襲我們，露絲被她劃了一刀，頸部，鮮血狂噴……」

「她在哪裏？」我厲聲再問一次。

「二樓客廳。」

我扔下他，腦裏一片空白，除了「快去客廳」，完全不敢肯定自己在幹什麼，也不分東南西北，只知向下跑，向下跑，向下跑，踢開門，踢開椅——

露絲！

露絲昏迷血泊之中！我搶到她身邊，跪下。她頸部刀傷嚴重，我馬上按壓她的創口，鮮血從我的指間滲出，濕浸浸的，我感到她的脈搏似有若無，呼吸微弱，她需要急救，需要藥物，但我身上沒有，也不能跑開，我一停止按壓，她的血便向外湧，還沒找到急救用品，她已死於失血過多。我一籌莫展，心焦如焚。

「露絲，你挺住！為了阿漆，你要挺住！」

「咯……」是腳步聲。

「救命呀！這裏需要幫忙，救命呀！」我聲嘶力竭的喊叫。

「咯……」腳步聲漸響，來人聽見我的呼救。

「阿Wing？」

我回頭看，認出來人是Joseph，CIA特工，黑人大塊頭，擁有籃球員身形卻喜歡踢足球，我曾與他踢過幾場球賽。

「Joseph，她傷得很重。」

Joseph跑過來，看了看，立即拿起無線電對講機，說：「Jack，聽着，不管你在幹什麼，馬上放下，往車上取急救裝備，速到東翼二樓的客廳，還有，要召喚救護車，不，召喚救援直升機……」

*　　*　　*

「阿漆，露絲傷重垂危，快來瑞士。」

3

阿漆來了，坐在露絲的牀邊，握着她的手，不肯放開。

露絲最終獲救，但因失血過多導致腦部一度缺氧，正處於昏迷狀態，何時蘇醒，無人知曉，能夠做的，醫生都已做了。除了等待，除了祈禱，沒什麼可以做。

阿漆在她耳邊說了許多許多話，彷彿要把分開幾個月以來的心底話，盡情傾吐。

有人說，昏迷者會聽見親人在耳際的說話，我希望露絲能夠聽見，能夠重新振作，再次睜開雙眼。

我坐在病房外，默然。

Joseph來找我，沒問我便坐到旁邊，一會，才開腔說話：「你的朋友受傷，我很難過。」

「有心，若非有你幫忙，她早已命喪當場。Joseph，我欠你人情。」

「你還欠我一條輪胎。」

「他日一併償還。」

「不用等到他日。就今日吧。我想知道Mr. C的下落。」

「Sorry，我不知道。他不在古堡裏。」

「你們參加拍賣會的，出價前沒驗貨嗎？例如跟Mr. C通電話、視像會議、打個招呼之類。」

「沒有。你們CIA怎知道賣拍會的事？」

「南非和法國的所謂劫案，引起我們的注意。我們明查暗訪，才得到零碎的情報，例如瑞士蘇黎世國際機場、大概日期等等。」

「於是，你們在機場盯上梁言。」

「不錯。後來看見你，我想跟你談談，還沒追上，你的車子已在洗車店裏焚毀，嚇我一跳，幸而火場裏沒找到你的屍體。」

「都是陶公子的安排。對啦，你何不盤問陶公子？他是拍賣會的主事人。就我所知，他是惟一跟Mr. C聯繫的人。」

「那傢伙，召來一隊律師護駕，一句問話也不回答。

畢竟，這裏是瑞士帕耶納的空軍醫院，不是關塔那摩海軍基地，我們要遵守一些國際公約。」

「聽說，陶公子不知Mr. C的實際位置，兩人一直是透過電子網絡溝通。惠香搶去陶公子的手機，估計是要追查Mr. C的電腦IP位址。你們大可用相同的途徑，入侵網絡公司，入侵陶公子的帳戶，這是CIA的強項，這或會找到線索。」

「謝謝。」Joseph拍拍我的大腿。

「我對Mr. C沒興趣，只想逮捕惠香。惠香的目標是Mr. C。所以，你們查到Mr. C的位置，請通知我。」

「好，我們都目標清晰，互不牴觸，可以合作。另外，告訴你一件事。你們五個人，一踏足接機大堂，已被我們拍下照片。」

「意料中事。」

「你們四個男的，我們都查得出身分，惟獨那個女的，我們始終查不出任何紀錄，她的護照、姓名，當然是假的。那女人，感覺很奇怪，好像從來不曾存在世上。你明白我的意思吧？」

「不存在世上，莫非是幽靈刺客……」

「幽靈刺客？那個傳聞中的神秘殺手組織？」

「依你說的，加上惠香的殺人手法，讓我突然想起幽靈刺客。但這組織何時出現？誰人創立？怎樣運作？一直是個謎。幽靈刺客沒身分，沒家庭，沒紀綠，無迹可尋，神出鬼沒。他們殺人，會用簡單、復古的武器，強調武藝、技巧、策略，而不倚重科技。他們犯案，目標人物固然不會放過，就是其餘有關人等，亦一律趕盡殺絕，一個不留。這是他們的門規，殺手辦不到，會被視為失職，必定受到懲罰。」

「各地警方的滅門懸案之中，幽靈刺客作案的，估計為數不少。唔，這趟她失手了，七個人只殺其三，那回去一定受處分。」

「她的計劃本來天衣無縫，可惜遇上我，也遇上願意一命換一命的梁言，真箇人算不如天算。罷了，你不會明白，快去入侵網絡公司的系統吧。」

「好，有消息，再找你。」

Joseph走後，我呆了好一會，想這想那，想到連代表費格遜到瑞士買C朗這種無稽謊話也會信，我們四個大男人真是笨得要命。惠香長得不美也不醜，平平凡凡的一個女子，言談、舉止、態度，都有意無意地流露出一副蠢相，扮豬食老虎，我們自以為精明，結果上了大當，那三個人更賠上性命。

中東人的過分憂懼是他的致命弱點，他無時無刻想溜出古堡，要殺他，很簡單，不費工夫，在書房偷走車匙，插在Mini Cooper內，再割破供應煞車油的喉管。中東人除非不溜，要溜的話，必定開走Mini Cooper，山路狹斜多彎，掣動系統失靈，車毀人亡，乃意料之事。惠香輕易辦到。

至於她何時在東歐人酒裏下毒？下什麼毒？東歐人竟懵然不知。還有，她如何一刀砍斃南美人？南美人的力氣比她強得多。

都想不通。

阿漆踱步出來，沒精打采地坐到Joseph剛才的位置，把頭靠到牆上，緊閉雙目。

我轉身瞧瞧，病房裏，露絲依舊安睡牀上，牀頭的儀器顯示她仍然生存。

「我很後悔。」阿漆沒張開眼睛，「我不該讓她離開我。如果，我挽留她，她一定聽，但我沒有，任由她離開。我以為這是彼此尊重，讓她有自由，有時間，有空間，去想想我們之間的矛盾。放屁！這是不負責任！我沒好好保護她，沒好好愛惜她……」阿漆彎腰把頭埋在兩臂之間，抽噎。

我輕拍他的背，忍住淚水，輕聲道：「老友，你要振作，露絲需要你，你垮了，她可沒人依靠。」

「我還有機會照顧她嗎？」

「有，一定有……」

「阿Wing，查到了。」Joseph跑回來。

「這麼快？」我用衣袖拭乾眼角的淚水，看看手錶，不敢相信CIA的效率。

阿漆抬頭，坐直身子，淚痕滿臉。

「在倫敦。對方是個中學生。」Joseph不好意思地苦笑。

「中學生？」阿漆一臉難以置信。

「Mr. C盜用那中學生的網絡帳戶？」我退而求其次。

「不，是那中學生本人。」Joseph認真地說，「英國MI6特工一收到消息，第一時間登門問話，那中學生直認不諱，他貪玩，以Mr. C作網名在網上跟人溝通。初時他跟陶公子胡扯一通，後來發覺陶公子愈來愈認真，搞了一個什麼Mr. C拍賣會，還收到五份出價，那中學生知道這個玩笑鬧大了，也不敢再回應陶公子。」

「可有看過他的通訊紀錄？」

「MI6特工即場檢查他的電腦和手機，證實他句句屬實。」

「哈！那個吃飽飯沒事做的白癡，害人害己啊！」我恨不得跑到他的病房，踢開他的房門，把他拖下病牀，狠很揍他一頓。可惜，這裏不是爾塔那摩。

「阿Wing、阿漆，我們要收隊了。」Joseph一副愛莫能助的表情，「還有什麼可以為你們效勞？」

「有。」我托一托眼鏡，「替我安排最快的交通工具，我要去倫敦。你有辦法嗎？」

大家都明白，惠香同樣有辦法追查那中學生的網絡IP位址，沒錯估的話，她現正前往倫敦。在她發現對方並非真正的Mr. C前，我仍有機會逮住她。不過，要快，她大清早「飛」離古堡，比我早半天出發，所以，我需要最快的交通工具，不然，錯過倫敦這個機會，天下之大，再沒途徑追捕她。

「最快的交通工具……有！」Joseph「得」的擦響拇指和中指，「空軍戰機，夠快吧？」

「差不多了。」我吹一下口哨，「請替我安排。」

「沒問題。」Joseph取出電話，「你這就過去空軍基地，我打電話給當值的指揮官。」

「阿漆，你留下照顧露絲。」我多看一眼病房，「我去為她討回公道。」

「阿Wing，你要小心。」

*　　　*　　　*

我借用Joseph的七人車，駛離空軍醫院的停車場，拐個彎，看見梁言獨自坐在路旁的巴士站。他戴着太陽眼鏡，頭上繫了幾圈蹦帶。聽說他剛被陶公子解僱了。我輕按響號，把車停在他面前，放下車窗，喚道：「嗨，上車吧。」

梁言猶疑一陣，站起身，拉門登車。

「坐着發什麼呆，被老闆炒魷魚，心情不爽？」我繼續開車。

「前所未有的輕鬆。渾噩慣了，需要一點時間重新適應。」

「你不向陶公子解釋，那一槍，其實是救他的命。」

「我不習慣向人解釋，要誤會就由他誤會。」

「一命換一命，你已經守住對陶爺爺的諾言，再沒虧欠任何人。」在這個網絡世代，大家不自覺地在網上胡扯，不必以真面目示人，無需負上言責，漸成一種近乎病態的常態，像梁言這樣捨命守諾的人，大可歸入瀕危物種。

「說的也是。所以，感覺非常輕省。」梁言慣性地摸摸口袋，但酒壺已不在。

「反正酒壺爛了，乾脆戒酒吧。」

「也好。」

「想找工作嗎？」

「有什麼好介紹？」

「重操故業，如何？」

「警隊不會要超齡新丁。」

「不做警察，亦可警惡鋤奸，為民除害。」

「例如？」

「加入敝機構工作。」

「做特工？」

「歡迎加入，你的首項任務，是去逮捕惠香。」

「不用面試？筆試？體能測試？」

「那些試，循例項目而已，可以補做。我的上司叫

M，處事最具彈性。」

「好哇，試試無妨。」梁言解下頭上的繃帶，「咦？慢着，你…… 來…… 空軍基地…… 幹什麼？」

「據估計，惠香正前往倫敦，我們要先她一步到達，在當地等她自投羅網，所以要用最快的交通工具。」我的視線投向遠處跑道上的F18、F5E、AS332M1，呶呶嘴示意。

「你的意思是…… 戰機嗎？」梁言摘下太陽眼鏡。

「嗯哼。」

「慘！我一向有暈機浪的毛病，乘搭民航客機勉強可以，但不能坐經濟客位。若坐戰機，我會……」

4

倫敦多雨，人們外出總帶着傘子，雨天擋雨，晴天擋太陽，陰天作手杖，故此傘子幾乎是倫敦人必備的隨身物品。

淅瀝淅瀝，又下雨了。

路人從容撐起傘子，街上沒一個是狼狽的「落湯雞」。

儘管不少歐西流行曲、詩歌優美地描述雨和雨傘，例如 Singin' in the Rain, Umbrella, Rain Drops Keep Falling on My Head, Rain on the Roof, Poem on Rain，不過，我還是最喜歡戴望舒的《雨巷》——

撐着油紙傘，獨自
彷徨在悠長、悠長
又寂寥的雨巷
我希望逢着
一個丁香一樣的
結着愁怨的姑娘。

「這首詩，不合時宜了，要改它一改。」梁言在我背後批評。

「如何改？」

「油紙傘改為塑膠傘，逢着改為揍着，丁香改為惠香，愁怨改為仇怨。」

「毫無詩意，令人作嘔。」

糟！忘了梁言聞「嘔」色變。

我在客廳裏後悔，梁言在臥室裏「喪膽」，他又衝進廁所，跪在馬桶前，再嘔一灘「黃膽水」。其實，他已嘔了半天，該嘔無可嘔。

嘔吐這回事，是傳染性極高的毛病，我們共處一屋，雖然他人在廁所裏嘔，但嘔吐的聲音和嘔吐物的氣味，足以令我反胃，美味的英式下午茶，一直擱在桌上，原封不動，丁點糕餅我也沒碰過。

MI6特工在那中學生的住所對街，為我們預備這個祕密監視點。因為Mr. C不在倫敦，也沒有具體情報證實幽靈刺客會來對付那個中學生，所以MI6不沾手，倫敦警方也不沾手，只建議中學生的父母，讓兒子留在家裏三天。

三天不用上學，那中學生當然舉腳贊成，整天躲在房裏上網。

「阿Wing，我…… 警告你，三天…… 之內，不准提起…… 那個字……」梁言有氣無力地握着拳頭，在我面前虛晃一下。

「Okay，你的肌肉不錯非常發達，但想不到你有這種…… 毛病。」

「人總有弱點，太完美就不是人。」梁言躺在沙發上。

「你的體力和體能，我毫不懷疑，但以你的身高，怎能過關當警察？」

「當年入警校，我身高五呎四吋半，及格有餘。現在人老了，難免縮水。」

「說起當年—— 在我的in-tray，沒有不能破的case，你是怎樣辦到的？」

「最簡單不過，把那些不能破的case，從in-tray抽起，擺到旁邊的out-tray，轉給別人。哈哈。」

「警隊神話，原來如此……」我捧腹大笑。

可是，當我的視線從室內轉到窗外時，我的笑容僵住了，因為，那中學生的房子正門外面，不知何時多了一件東西。我抓起望遠鏡，看清楚，心一沉，門頂插着一柄飛刀。

惠香來過了。

街上的人都撐着雨傘，擋住頭臉，不知哪一個是她，也不可能截停每一個路人要他們放下雨傘。

我無能為力。

「梁言，我們可以收隊。」

「什麼？」

「鈴……」

阿漆來電。

我接聽。

「阿Wing，你附近有電視機嗎？」

「有。」我拿起電視遙控器，按下開關。

「CBC即時新聞。」

我轉換頻道。電視畫面上，赫然看見陶公子走出醫院正門的新聞片段。

「那混蛋，嫌命長嗎？」梁言喃喃道。

新聞旁述的大要是：瑞士古堡離奇命案，三死四傷，三名死者都是男性，分別來自東歐、中東和南美，身分有待確定。古堡主人傷愈出院，需要協助警方調查，暫時不能離境。

我關掉電視，跟阿漆說：「露絲的安全，交給你了。」

「我寸步不離她。」

新聞報道，惠香同樣看到，四個沒死的人，她要逐一殺掉，才符合門規要求。

由阿漆保護露絲，我不擔心。

我與梁言巴不得惠香找上門，可惜，她不知道我們與那中學生只有一街之隔。

目前，最明確又最方便的目標，是陶公子。

「我們要回瑞士。」

梁言苦着臉問：「可以坐火車嗎？」

IV 聲東擊西

部署再精密，

計謀豈能逃過阿Wing法眼！

醫院、農莊之內正邪交鋒，

兩方各懷絕技，幽靈可會輕易得逞？

1

嚴格來說，Mr. C並非CIA的僱員。他受僱於CIA的一家外判公司。

情報工作也可以外判，CIA高層的思維，難以理解。

其實，外判不是新鮮事，制度一直存在，常見於建築行業。大判投得工程合約後，把項目分拆，交給若干個二判跟進；二判再把所得的項目分拆，交給若干個三判施工，如此類推。在商言商，每層分判商均追求最大的利潤，若欠完善的監管，層層剝削，基層工人受惠最少，最沒保障。

及至八十年代，外判模式逐漸流行於各行各業。最初，大機構把一些非核心業務分拆出去，如清潔、保安、運輸等非技術性的勞動工種，交給外判商承包。這樣，機構便可集中資源發展其核心業務，無需花工夫去處理清潔工人、保安員、運輸工人的薪酬、福利、管理等事務。機構每年付一筆錢給外判商購買服務，外判員工表現欠佳，通知外判商立即撤換，外判商表現不好，合約期滿便換另一家公司，省時省力。機構管理層更可玩弄數字遊戲，減去外判員工的數目，在年終報告上，以數目愈來愈少的正式僱員營運龐大的業務，是為優質管理。

表面上，外判制度利多弊少，但發展下去，許多本來屬於核心業務的工種，也被管理層重新界定為「非核心」，於是，外判項目愈多，外判員工也愈多，有些人在同一崗位工作十年、二十年，甚至屆退休年齡，仍屬臨時性質的外判員工，沒年終花紅，沒晉升機會，沒退休福利。

初出茅廬的年輕人做這類崗位，吸收經驗，無可厚非，但日子一久，跟正式僱員比較，薪酬福利相差一大截，有能力的便轉工跳槽，能力稍遜的，心懷怨氣地繼續工作，沒前景，沒士氣，沒歸屬感。

當制度或措施在未經深思熟慮的情況下，閉門造車的偏離原意運作，一段時間後，問題陸續浮現。例如，那些沒歸屬感的資深「臨時」員工，已非最初搞外判時的清潔、保安、運輸，因工作需要，他們有機會接觸內部的敏感資料，這些資料一旦外洩，衍生的問題又多又嚴重。總之，流弊叢生。若管理層再不撥亂反正，長此下去，對管、職雙方都沒好處。

至於Mr. C，他為什麼「背叛」老闆的老闆呢？目前他躲在哪裏？他的「背叛」行為是否冰山一角？我全不知道。缺乏資料，不宜作任何猜測，也沒啥興趣去追查，仍是那句，事不關己。

不過，網名Mr. C的中學生，因一時貪玩而引發諜海暗湧，幽靈刺客出動，卻是非同小可，結果三死四傷，露絲險些踏入鬼門關。這我非管不可。

*　　*　　*

陶公子已成為惠香的頭號殲滅目標。

瑞士警方對幽靈刺客一無所知，負責的探員認定惠香殺人後必定潛逃，不會留在瑞士繼續犯案，故沒為陶公子提供安全屋。不過，陶公子自由慣，也享受慣，相信亦不願意把自己困在警方的安全屋內。

古堡死了三人，他不敢回去。入住酒店，太張揚，且人流複雜，絕不安全。

他會住在哪裏？

「農莊。」梁言摸着下巴的鬚根，「他在琉森郊區有一個農莊。」

果然，陶公子祕密遷進農莊暫住，還帶了兩個高大威猛的保鑣，一黑一白，兩人槍不離身。

農莊範圍廣大，佔地二百平方畝。平坦寬闊的農地上，種了五、六十畝葡萄，養了些牛、羊、馬、豬，還有很多貓狗。陶氏家族名下的慈善基金，以特惠價錢把農莊部分地方租給一個愛護動物組織，那組織專門收容流浪貓狗，所以農莊的貓狗特別多。不知什麼原故，陶公了特別受小貓小狗歡迎，他在屋內玩WhatsApp，有些小貓跳到他的膝上、肩頭、懷裏，有些滾在他的腳邊，抓玩他的鞋繩和褲管。起初是幾隻，沒多久，竟多達十幾隻。陶公子不勝其擾，逃到屋外，卻又給大羣頑皮愛玩的小狗纏住，他跑到東，小狗追到東，他躲到西，小狗湧到西，在他兩腿間鑽來鑽去，啃他的Polo鞋，舔他沒穿上襪的足踝。陶公子逃得快，牠們追得急，一不小心，踢中一隻小斑點狗，給絆了一跤，人和狗雙雙變成滾地葫蘆。小狗以為陶公子逗牠們玩耍，就更加興奮，更加放肆，紛紛爬到他身上，汪汪亂叫，爭相舔他的鼻子、臉頰。

「救命呀！」

我和梁言在山崗上看見這一幕，笑得彎了腰。

農莊位於山崗之下，我們身邊放着滑草用具，若沿草坡一直滑下去，估計不消五十秒可達農莊。

除了這條無人使用的「草坡路」，農莊連接外界的惟一通道，是一段車程十四分鐘、可直達公路的私家坭路，步行的話約需四十分鐘。惠香的樣子雖然笨，但絕不可能笨到步行四十分鐘，到農莊殺死陶公子，然後又步行四十分返回公路逃走。她要來農莊，一定會開車。車子一開進坭路，農莊的人便立即知道有人造訪。所以，我們預備了三日糧水，駕着休旅車繞大個圈，從後方開上山崗，居高臨下監視農莊，且看惠香如何接近陶公子。

「陶公子很受小動物歡迎。」我放下望遠鏡，「聽老人家說，小動物會選擇有愛心的人親近。」

「他有愛心？我不清楚。不過，本質上他算是個善良的人。」梁言伸個懶腰，反手伸到背脊抓癢，然後緩緩踱向崗上的一株栗樹，「他是陶家長子嫡孫，銜着金鑰匙出世，一生不愁衣食，也不用發奮，加上長輩溺愛，自小沒人督責，才養成今日這副德性，玩世不恭，就以模型玩具為例，他的藏品無論款式和數量，足夠開十家精品模型店……」

當了特工，梁言決心戒酒，他挑了一種不含酒精的有汽葡萄汁，以抵償心癮，喝多了，要小便，他跑到栗樹後面，灌溉大自然。

我有點累，於是回到休旅車，扳下前座的座位，躺下，閉目養神。

*　　*　　*

時近黃昏，彩霞漫天。山羊又來了。

「喳喳……」

山羊走到車尾，用一雙羊角牴牾防撞杆。

昨天差不多同一時間，山羊首次出現，由於頸上沒繫羊鈴，跑動時沒一般農莊牛羊的「叮叮噹噹」，牠走得很近，我們才察覺。我們都認定牠是一頭沒人飼養的野山羊，或許這山崗是牠的地盤，牠的牴牾動作，是向入侵的龐然大物宣示主權。

昨天，山羊較膽怯和怕生，知道自己被發現了，便匆匆逃下山崗。

「山羊又來了。」梁言回來，邊走邊拉褲鍊。

今天，山羊膽子大了，梁言離牠只有五、六公尺，牠仍沒有逃跑意思。

「牠可能肚子餓。」我坐起來，回身在後座拾起一塊吃剩的麪包頭。

「滿山野草，又鮮又嫩。牠怎會希罕你的麪包？」

「過門是客，總要請牠吃點東西。」我把麪包頭拋到山羊跟前。

牠低頭嗅了嗅，沒吃。

這頭山羊，體形較尋常的高大，兩角粗壯，下巴那束「羊咩鬚」長得特別長，令我想起古人的五柳長鬚。牠神態傲慢，兩眼細瞇，一副深不可測的模樣，如果把陶公子的玳瑁眼鏡給牠戴上，肯定可以在童話故事裏客串一角學究型山羊老師。

意想不到的是，牠不僅不吃我的麪包，還跨前兩步，提起右後腿，往麪包上撒一泡尿。

「你見過山羊這樣小便麼？」我問不久前小便的梁言。

「這傢伙大概誤會自己是一頭黃狗。」梁言訝然失笑，「既然你厭棄阿Wing的麪包，我請你喝酒，如何？」他拿出一個新買的金屬酒壺。

「我以為你決心戒酒。」我有點失望。

「這壺酒，以備不時之需。脫癮初期會出現手震徵狀。手震怎拿槍？」他擰開壺蓋，在山羊面前倒出少許威士忌，讓山羊嗅到酒香。

山羊昂首仰臉，鼻頭顫動，似乎感受到空氣裏的烈酒氣息，接着試着走近梁言，走了兩步，稍有遲疑，停了下來。

「嗨，過來吧，不用害怕。」梁言傾出少許威士忌，「看來，你是個老饕，喜歡杯中物，酒逢知己，來吧！」

山羊多踏前一步，伸長脖子，伸出舌頭，舔吮威士忌。牠喜歡喝酒。梁言多倒幾滴，牠張嘴去接，一滴不浪費。

「別灌醉牠。我可沒經驗照顧醉酒山羊。」我打趣道。

「夠了。」梁言挪開酒壺，「有人不准我給你喝酒。」

山羊歪起頭，呼呼噴氣，用一雙細眼冷冷的盯着我，好像聽懂梁言的話。

「不要生氣。」我指着牠的鼻頭，「你有本事直線行走，才可以多喝一點點。否則，明天請早。」

「走，走給他看。」梁言拍打山羊的屁股。

山羊順勢開步向前，不，是向左，牠歪歪斜斜的靠左而行，才開走幾步，左前蹄發軟，差點跪倒，牠的右前蹄向左踏步一挺，勉強保持平衡。再開步，這次偏向右行，走不了三步，再度左傾，搖着尾巴擺着頭。

「梁先生，恭喜你，你成功灌醉一頭山羊。」

「嘿，野羊醉倒野山頭，天下之大，有什麼出奇。」

山崗下面，到了下班時間，農莊的工人把牛、羊、豬、馬趕回棚廄之內；負責鏟草的，把草皮捲成一大綑、一大綑的，擱在田邊，遠看，像一個個剛從巨人餅店出爐的超級「瑞士卷」。

一個剪「冬菇頭」髮型的女子走到狗舍前面，「鄉鄉鄉」的搖響銅鈴。

陶公子先前為躲避小狗追纏，攀到樹上，現在小狗聽見「晚餐鈴聲」，都跑回狗舍去，陶公子才敢爬到地面。黑人保鑣在門廊下向他招手，想是喚他吃晚餐。未幾，車子一輛接一輛的駛離農莊，剩下少數工人在農莊留宿。

再看時，陶公子走路的姿態畸怪，每走一步，右腳總往草地一擦。

「那混蛋踩狗屎，活該，行路不帶眼，視線總不離幾吋闊的手機屏幕。」

「沒你在身邊，他沒人提點。」

「幾十歲人還要人提點，不羞嗎？他踩屎也好，踩地雷也好，一概與我無關。」

「你不再關心他？」

「非親非故，有什麼好關心？餓了，吃晚餐吧。」

「有什麼好吃的？」

「提子包、裸麥包、蒜蓉包、法式軟包……」

「除了包呢？」

「薯片、巧克力。」

「我喝飲品算了。」

「葡萄汁，有汽的、無汽的，都有。」

「沒鮮奶嗎？」

「下面農莊有鮮搾的，你自便吧，但別嚇壞人家的乳牛。」

我無話可說。

2

夜已深。

我肚裏多了一套鑼鼓，金鼓雷鳴，來瑞士好幾天了，不說好吃，就是稱得上飽餐的，也少得可憐。

梁言吃飽麪包，橫臥休旅車後座，睡着了，發出悠長的鼾聲。

我負責上半夜的監視。

四野寂寂，萬籟無聲，農莊內外，人與牲畜都安然入睡。監視，是一件頂磨人、頂沉悶的工作，尤其遇上現在「眾人皆睡我獨醒」的狀況，監視者最易鬆懈，此時，入侵者便有機可乘。我要打起精神，但，知易行難，我也是血肉之軀，會餓，會累，會精神困頓，當我開始打盹時——

「軋……」手機震動。

一看來電顯示，不禁心頭一凜。

「喂，阿漆，是不是露絲的傷勢轉壞？」我但願不是，但這種午夜來電，多半不是好消息。

「放心，露絲無恙。我想告訴你，惠香幾分鐘前在醫院裏跟我交手。」

「啊！」

她的刺殺目標竟是露絲，不是陶公子，我猜錯了。

難道她發覺我和梁言在此埋伏，不敢動手，就改到醫院殺害露絲？

*　　*　　*

事情是這樣的。

今晚，病房裏的阿漆仍然沒有放棄，繼續在沒反應的露絲耳邊說話，心裏存着一絲暖暖的盼望，盼望喚起露絲的求生意志，甦醒過來。

畢竟，阿漆也是血肉之軀，並非MP3或錄音機，話說多了，覺得口渴，於是打算到走廊盡頭的投幣汽水機買飲品。

當阿漆走近房門，即覺不妥。雖是夜深，偌大一間醫院，總會有些人走動走動，總會發出一些聲響，但此刻，走廊外面靜得不尋常。據阿漆形容，那感覺，像被困在一個深深的乾涸井底，只看見井口一小片遙遠的天空，只聽見自己的呼吸聲在井壁周圍沉澱，只意識到孤單、絕望和死亡。

阿漆拉開房門，瞬即意識到走廊上瀰漫着一股殺氣。

他凝神步出。

走廊盡頭的天花燈全部熄滅，僅有的光源來自投幣汽水機的燈箱，四周暗昧不明。一個身穿和服款式長裙的女子，在汽水機旁邊靜靜站着，像個默然無語的幽靈。她當然不是買飲品。阿漆知道她在等候出手的時機。

「惠香，你膽敢找上門？」於是阿漆成全她。他反手從腰間抽出兩柄飛刀，左右夾在指間，大步流星似的衝着她而去。

她亦邁開腳步迎敵，拿出一疊流星鏢，托在左掌之上。

阿漆觀察她的身形步法，步履輕靈，虛虛實實，柔中帶剛，不見破綻。沒破綻，就迫她暴露破綻。阿漆左手一揚，右手一揮，飛刀「颼」的擲出。

她右掌向前切出，兩枚流星鏢「嗚」的飛離左掌，一先一後。

「噹——」第一組刀、鏢相撞，撞出一剎火花。飛刀激射沖天，流星鏢斜彈落地。天花、地板頓時多了一雙屬於暴力主義的裝飾品。

「噹——」第二組刀、鏢相撞，左右反彈，左鏢右刀，各自釘在牆壁之上。

兩人迎面而衝，步速不停，兩招過後，即將短兵相接。她右掌再切，又射出兩枚流星鏢。阿漆突然收步，雙腳蹬地，身體往後一仰，流星鏢擦過他的鼻尖。他一摔着地，雙手一甩，兩柄飛刀從衣袖飛出。

這一切發生在電光火石之間，她以為阿漆中鏢倒地，又以為他的飛刀只掛在腰間，冷不提防阿漆有此一着，閃避不及，一柄飛刀「波」的插進她的右肩，另一柄「唰」的割傷她的左腿。

阿漆使個「鯉魚打挺」從地上彈起。她負傷撞開太平門，落荒而逃，「乒乒錚錚」的遺下一地流星鏢。

阿漆擔心調虎離山，不敢遠離露絲，故此窮寇莫追。

惠香不懂分身術，她在醫院裏跟阿漆過招，被阿漆飛刀所傷，沒可能同一時間或者短時間之內出現農莊。

* * *

五分鐘後，休旅車駛離山坡。

3

十分鐘後，坭路上，一人騎着BMX單車，朝農莊迤邐而去。

想到出動單車，真有你的，惠香。

的確，騎單車較步行快速，又沒汽車引擎的嘈吵，快而靜的接近目標。

惠香沒穿和服長裙，改穿黑色運動服，沒戴頭盔，動作流暢、敏捷，右肩和左腿都不似受了傷。

頃刻，她抵達農莊入口，把單車藏在一綑草皮後面，快步經過馬廄、牛棚、豬舍、羊欄，貼牆而行，趁着月黑風高，悄悄來到陶公子所在的屋子外面。這時，白人保鑣坐在門外守衛，黑人保鑣則在另一間屋裏休息。惠香拉開外套胸前的拉鍊，探手入內取出一把明晃晃的KM-690 Kozuka短刀，慢慢靠近白人保鑣，打算一刀割喉。誰知白人保鑣睡得正酣，如死豬一隻，惠香不屑地瞧了瞧，懶得動手，省卻麻煩，便放他一馬，輕身繞過他，嘗試伸手推門，門沒上鎖，應手而開。她於是閃身入內，穿過起居室，直闖臥室。

陶公子蓋着被子，安睡牀上。

機不可失，惠香反手握刀，一個小跳步，躍過去，舉刀插下——

「噗——」KM-690穿被貫胸。

陶公子掙扎兩下，便不再郁動。

惠香滿意地笑了笑，想不到這趟順利得超乎想像。

她拔刀離開。誰料，蓋着陶公子的被子不知怎的驀地罩向她的頭臉。她舉手擋撥，一時忘記護住頭頸以下。

佛山無影腳——

我的籍貫雖不是佛山，但「無影腳」自問使得不錯。

揚起被子後，我一拍墊褥，即從牀上騰起，雙腳於被子下面連環快踢。

「逄——逄——逄——」

惠香連中三腳，短刀脫手，身體跌撞牆角，反彈仆地。

我極少打女人，但她傷害露絲，非打不可。

我站穩馬步，順手亮起電燈。

惠香掙扎爬起，想逃，我轉身側踢，「啪」的把她踢飛，跌出臥室，摔落起居室中央，撞毀一方木桌。

「是你……」惠香嘴角流血。

「Surprise？」我追出臥室，扮個鬼臉。

「剛才，我明明…… 刺了你一刀……」

「你刺中這東西，蠢材！」我拾起地上的裸麥麪包，擲過去，「卜」的擲中她的頭。

大門「嘭」的打開，陶公子和黑人保鑣凶神惡煞的衝進來。陶公子左手叉腰，右手指着惠香的腦袋，罵道：「豈有此理！臭婆娘，我殺你父母、燒你祖屋、掘你祖宗山墳、偷你內衣內褲嗎？你幹麼一而再跟我過不去？上次在古堡割我一刀還不夠，今晚又來農莊謀害我，現在落在我手上，好呀！我要出動律師精英團，把你告至終身監禁。Keith，替我鎖起她。」

「Yes, Sir！」黑人保鑣拿出手銬、腳鐐。

「Keith，你的白人拍檔……」

「他叫老麥。」

「你待會拿桶冷水，淋醒老麥吧。」

「曉得。」Keith反銬惠香雙手。

我把一張椅子踢過去。Keith會意，把惠香押到椅前，教她坐下，再用腳鐐把她鎖在椅上。

「幽靈刺客不是單獨行動的嗎？」我旁敲側擊。

「事前沒料到，這次遇上幾個高手。」惠香如實回答，「就連那個嬌滴滴的露絲，看得出，她受過正規的搏擊訓練。我突然出刀，她竟有反應，把頭縮後，換上是他……」惠香睨陶公子一眼，「早就氣斷當場，還有命入院留醫？」

「你殺得死我嗎？大言不慚。」陶公子拇指向下，「沒本事，低能殺手。」

「若非有高手救你，你根本活不到今晚，還在這裏作威作福！」惠香瞥我一眼，「因為對手太強，組長破例，給我額外增援。」

「你組長是誰？身處何方？我有空找他下棋喝茶。」

「你既然知道我是幽靈刺客，就應該曉得我寧死也不會合作。我不會背叛組織。」

「叭——」Keith在門外用冷水淋醒老麥。老麥恢復知覺後，開始咆哮咒罵，咒罵那個擊昏他的人。

「告訴老麥，」我跟陶公子說，「他再吵鬧，我會再打暈他。」

「老麥，立即給我閉嘴！」

屋外，安靜下來。

* * *

十分鐘前，農莊周圍雖然一片安靜，殺機卻早已暗伏。

梁言亮起車頭高燈，駕車離開山崗，旨在給埋伏附近的惠香一個錯誤訊息：我們撤離。其實，我沒走，我伏在草坡上，用夜視望遠鏡繼續監視，一發現惠香騎着BMX單車在坭路上出現，我立刻穿上滑草靴，再把雙腳固定在滑草器上，然後雙手拿起手杖，向下衝，花了四十五秒滑下草坡，早惠香一步抵達農場。我把滑草用具藏在一綑草皮後面，快步經過馬廄、牛棚、豬舍、羊欄，貼牆而行，趁着月黑風高，悄悄來到陶公子所在的屋子外面，一記手刀擊昏老麥，再把他扶正，靠牆而坐，像熟睡一般，然後直闖陶公子的臥室，一手搗住他的嘴巴，在他耳邊低語：「惠香來了，她要殺你，想保命，就得依我的話去做。明白的話，眨一下眼睛。」

陶公子從夢中乍醒，定一定神，聽明白我說什麼後，大力眨眼。

我接着說：「你馬上爬窗逃出這房子，去找那黑人保鑣，看見這屋亮燈，才可以回來，明白嗎？」

陶公子再眨眼睛。

我放開他，扶他爬窗逃走，然後跳上睡牀，蓋上被子，靜候惠香進來殺我。

「你怎識破在醫院動手的，不是我？」

「那穿和服長裙的女子是？」

「她是我的師妹，叫惠儀。」

「惠香，你擅於用刀，對嗎？。」

「不錯，不管哪一種刀，我都熟習技法。」

「所以呢，你不會以流星鏢作暗器，此其一。第二，你的飛手功夫雖及不上阿漆，即在醫院守護露絲那位，但不至於三招落敗。」

「我當你在稱讚我，謝謝。」

「我不得不讚你，因為，我仍然猜不透你是如何下手殺死南美人和東歐人？」

「老實說，他們都是死於自己的弱點。人總有弱點，尤其是男人。一個貪酒，一個好色。」

「貪酒好色，男人通病。」陶公子插口，「廢話。」

「所以，男人個個都該死，我殺男人，從沒失手……」

*　　*　　*

在晚餐桌上，惠香觀察到，南美人是個典型的好色之徒，整晚色迷迷的看着漂亮的露絲，不在話下，就連不漂亮的惠香，也不放過，偶爾盯着她的胸部，更慣性地向女士流露出拉丁男人的熱情、性感。

惠香看在眼裏，記在心上。到了晚上要動手殺人時，第一個便選擇南美人。惠香特意換上薄薄的睡衣，在頸項上多塗點香水，拿着洋燭，輕叩南美人的房門。南美人開門，看見來者不是露絲，但不拒絕，因為霧水情緣，一夜而已，明早便各散東西，飛來豔福，卻之浪費。他笑道：「小姐，長夜漫漫，山居寂寞，我們正好……」

「先生，冒昧打擾，請你原諒。我實在餓得很，想去飯廳找些吃的，但又怕黑……」

「我陪你去。」

「不好意思的。」

「為女士效勞，樂意之極。」南美人從惠香手上取過洋燭，趁機摸摸她的手背。惠香垂下頭，含羞答答地說：「感激不盡，你真是個好男人。」她主動上前勾住南美人的臂彎，把頭靠着他的肩膀，柔聲道：「我的膽子小，勞煩你，無以為報。先生，你的肌肉很結實……」

以惠香的平庸姿色，有選擇的話，南美人肯定不會選她，但今晚露絲不理睬他，他別無選擇，燭光明滅，樣貌朦朧，加上儂言軟語，香水醉人，惠香施展渾身解數，鐵人也會軟化，何況是色中餓鬼？南美人本來微弱的防衛意識，走到飯廳，已經完全崩潰。

「這裏油淋淋、髒兮兮的，怪不舒服，不如我們拿些食物到你房間，慢慢品嚐。唔，最好有一瓶香醇紅酒，請你挑一瓶吧。」惠香從南美人手上接過洋燭。

「好哇。」南美人正中下懷，轉身，背着惠香，拉開酒櫃，彎着腰專注地挑選紅酒。

惠香也正中下懷，把洋燭從右手交到左手，騰出較有力的右手，輕輕拿起桌上的菜刀，看準南美人後腦兩塊頭蓋之間的接隙位置，揮刀一斬，就像Polly嬸斬碎裸麥麪包一樣，一刀破腦。

南美人連喊痛的機會也沒有。

適值梁言在飯廳外巡過，聽見裏面傳出聲響。

惠香見自己身上濺了南美人的血，遂尖叫一聲，並假裝滑倒，替身上的血迹找一個合理的解釋。

至於東歐人，對於南美人被殺，他表面上裝作毫不在意，心底裏，謹慎戒備，不時不自覺的喝一口白酒，幫助集中精神。惠香找不到機會，也不敢輕舉妄動，直至我誤觸高塔機關，眾人相繼離開房間，往高塔察看；

機會來了，東歐人把喝剩的白酒放在牀頭几上。惠香走在後頭，乘眾人不覺，閃回東歐人的房間，在白酒之中混入一劑氰化鉀。結果，東歐人從高塔回來後，喝酒中毒。

*　　　*　　　*

「至於你，香港人，你的弱點是心腸好。我一口咬定你殺死東歐人，假裝驚慌過度，打算引你過來安慰我，再一刀刺死你。萬萬料不到，在關鍵時刻，小廣場上傳來槍聲，分散你的注意，我更加料不到，你竟翻身從窗前躍下去，我追上前出手，畢竟慢了一步。」

「吁！險呀！若非梁言開槍射那中東人，說不定我已遭你的毒手。你真歹毒。」

「過獎。」

「啊！臭婆娘，你自打嘴巴。」陶公子跳出來，像發現什麼驚天大祕密。

「我給你們銬住，沒手打自己的嘴巴。」

「你明說寧死不合作，現在我們還沒逼供，你就自動和盤托出。」

愚者千慮，必有一得。陶公子這趟說得對。惠香不打自招，為什麼？勝利沖昏頭腦，我竟如此大意，該死！

「你在拖延時間，等候援兵。」我回頭示警，「老麥、Keith，小心敵人偷襲……」

話未說完——

「颼——」

老麥中箭倒地，痛苦呻吟。

Keith撲入屋內，把站着發獃的陶公子推往牆角躲避。

「颼——」羽箭穿窗而入，射中Keith。Keith慘叫一聲，壓在陶公子身上。

我靠在門側，用左腳尖挑起地上一塊木桌殘骸，再出右腳把木塊踢向天花吊燈，「乒」的把它弄破，打黑屋內部分燈光，不讓外面的箭手輕易瞄準。

我問：「陶公子，你沒事吧？」

「Keith很重，把我壓得透不過氣。」

「外面的人用箭，看來你的援手不止師妹一個。」

「他叫阿棠，是我的師弟，最擅長放冷箭，箭無虛發。」

探頭看時，外面烏黑一片，掩護物又多，不知阿棠躲在哪個位置，不過他只得一人，若我與陶公子同時衝出去，再分頭包抄，阿棠一定顧此失彼。但那混蛋軟手軟腳跑得慢，不僅逮不住逃走時機，說不定反過來還要我救他，行不通，頭痛。

「啪——」一箭射中大門，箭簇插穿門板，離我左邊臉三公分處冒出尖利的錐端，箭尾在門外「霍霍」顫動。

我本能地跳開。

「怎樣？阿棠的箭法厲害吧？」惠香有恃無恐，「一分鐘之內你們不放我出去，下一箭的箭頭將是個炸彈，一射進來，玉石俱焚。」

「你妄想……嚇唬我們。」陶公子終於推開Keith，爬到沙發後面，喘着氣道：「炸彈…… 爆炸，你也沒命。」

「你是貴人，家產過百億，我，賤命一條，死不足惜。」

「錯！生命無分貴賤，人命、貓命、狗命，都是生命，同樣寶貴。」

「不要向我推銷什麼人生道理，我是冷血殺手，隨便動一根指頭，就了結一條人命。在我眼中，人命的價值視乎顧客出多少錢。」

「律師告訴我，你的目標是Mr. C。根本沒人出錢要你殺我們，你們師姐弟三人的機票食宿還沒着落，不如這樣，你慣收多少錢，我給你，作為不殺我們的酬勞。」

「主意不壞，可惜，門規難違，我非殺你們不可。做買賣，有賺有賠，這次賠少少，下次賺多多。」

「喂！你兩個討價還價完了沒有，街市買菜嗎？」我舉起手錶，「過了一分鐘多，炸彈呢？就連一根箭也沒再射過來。」

「阿棠他…… 自有計策……」

「他聰明，不做賠本生意，跑掉了。」陶公子得意洋洋，「炸彈的成本不輕啊！炸死我們又沒錢收，只有像你這樣愚蠢的人，才做賠本買賣。」

「阿棠不會的……」惠香想不到解釋。

「咯咯——」

有人叩門。

「阿棠殺到啦。」陶公子躲到我身後。

「混蛋！這情況，殺手只會粗野破門，不會禮貌敲門。」在門外說話的是梁言。

我打開大門，責怪道：「你這麼遲呀！」

「Wing兄，我的滑草技術不及你高明，來晚了，不要見怪。」梁言把一袋弓箭放到地上，「這麼黑，沒錢交電費麼？」

「你把我的師弟……」

「那個射箭的瘦子？給我收拾了，像草皮一樣，綑在田邊。」

「臭婆娘說有炸彈，多半是嚇唬我們……」

「別碰那袋箭！混蛋，裏面的確有幾個炸彈箭頭。」

「我警告你，你再叫我混蛋，我就…… 告你誹謗。」

「混蛋、混蛋、混蛋……」

4

旭日初升，又是新的一天。

救護員把老麥和Keith扛上救護車。

Joseph和Jack把惠香和阿棠押上七人車。我把兩個幽靈刺客交給Joseph，一來，當作還他人情債；二來，CIA的盤問技巧和情報網絡，比我們更勝任追查殺手組織的底蘊；三來，由Joseph查出誰僱用幽靈刺客追殺Mr. C，藉此逆向調查，或有助找到Mr. C的下落。

今早，收到阿漆的電話，露絲已經蘇醒過來，精神不錯。

我急不及待要到醫院看她，偏偏陶公子和梁言擋在車頭前面，兩人似乎有話要跟對方說，卻又不願先開口。

當我的手放在方向盤中央，打算按下響號時，陶公子開口了。

「年紀不小啦，還去學人家做特工，小心捱不住。」

「就是年紀不小，才去做一些自己喜歡的事，待日後捱不住時，也有個快樂的回憶。那，你有什麼打算？」

「我會去東莞。」

「哎呀！你竟墮落到這個田地！」

「梁言，你心術不正，你的思想出了問題，我不怪你，但你不能以自己的歪心邪意來詮釋我的行為。你以為我去東莞幹不道德勾當嗎？你大錯特錯了！你看那邊在餵貓狗的幾個人，剪冬菇頭的是綯顏，愛護動物組織的領導人，另外是萍萍、威哥、肥仁，還有其他的。他們的經費來自捐款，資金有限，買了貓糧狗糧已剩無幾，每天頻頻撲撲的照顧流浪貓狗，而我那個基金經理每年還收他們租金，正一混蛋。所以我已辭掉那個混蛋，親自跟紹顏合作，拯救和照顧小動物，反正我吃飽飯沒事做，錢多沒地方花。這兩天，我與小貓小狗相處，覺得牠們可愛又可憐。我與紹顏計劃在東莞興建一所動物收容中心，因為東莞是全中國宰貓屠狗最多的地方，我想盡我所能，把牠們從砧板上拯救下來，能救多少就多少。站穩陣腳後，我會在全國各省市遍設收容中心，推廣這個有意義的工作，拯救老虎、黑熊、鹿、果子狸、穿山甲⋯⋯咦？梁言、阿Wing，你兩個張大嘴巴合不攏，幹什麼？嘴巴沒事吧？」

嘩！我沒聽錯吧？我挖挖耳孔。人會變，月會圓，陶公子的轉變實在太突然。

梁言深呼吸一下，強作鎮定，道：「你不要三分鐘熱度，害紹顏他們到東莞白跑一場。明年我親自到東莞瞧瞧，說不定你的動物收容中心，已經變成按摩指壓中心。」

「我呸！我不會給你看扁的。」

「好，就走着瞧。」

車程很長，時候不早了，我還是輕按一下響號，隔着擋風玻璃向陶公子揮手再見。

「你好自為之。拜拜。」梁言登車。

「不送了。」陶公子退到路旁。

終於可以開車了。

駛在凹凸不平的坭路上，車子上下跳動，心也上下跳動。

「十年了，那混蛋，終於長進。」梁言喃喃自語。

「咦，你眼睛紅紅的，感動流淚嗎？」

「砂粒入眼。」

「言兄，這是空調汽車，車窗一直關上，何來砂粒？」

「空調管道不乾淨……喂，你看，山崗上面……」

「不要扯開話題……」我仍好奇地向山上瞧。

山崗上，那頭長鬚山羊，在風中，挺起前腳人立而起，一雙前腳朝天亂踢，仰頭張嘴嘶叫。那傢伙，大概今天以為自己是一匹馬。

後記：我得了一個文學獎

梁科慶

最初知道《暗域狙擊》獲得「第十二屆香港中文文學雙年獎」（兒童少年文學組），心裏多少有點意外，因為把「流行」小說視作「文學」作品，總要衝破一些心理關口。後來有機會翻閱「評審意見輯要」，印象最深的一句「我們要有勇氣把它稱為文學，若它有這樣的程度便承認它是一種文學，是一種突破性的發展。」

實在由衷地感謝評判們的「勇氣」。近年，我的小說也曾得過一些獎項，當中沒有一個是我主動「參賽」的。惟獨這次「雙年獎」，是我致電出版社，要求報名參加。

原因有兩個。

第一，《暗域狙擊》是我這兩年較滿意的作品，敘事頗具難度，寫一個臥底的故事，但作臥底的並非第一人稱的「我」。在小說裏，很多關鍵場面，「我」都不在場，情節如何交代？對作者，是一項挑戰。

第二，「兒童少年文學雙年獎」已經連續兩屆懸空，我們沒作品嗎？去屆評判「總評」的最後一句：「大家共同期待香港文學水平下一屆能大大提高，產生名副其實的得獎作品。」讀完後，我便跟出版社說：「讓我來試試吧。」

結果，十一月二十八日，我站上頒獎台。流行小說變成文學作品了。

得獎不得獎，對我的創作沒有影響，我照樣生活、寫小說。不過，對於已習慣被動、長期被指導閱讀的香港學生，「Q版特工」多了一個「文學獎」，會是個安心的標籤。

記得 1998年，第一部「Q版特工」出版不久，有中文科老師評之為低俗、語文水平低下，後來，小說陸續拿了「十本好書」、「十本好讀」，立竿見影，類似的批評大幅減少。想不到幾個月前，仍有同學在網上留言，說老師批評「Q版特工」沒內涵，用口語書寫，不宜學生閱讀。隨之引起網友之間的討論，有人不同意，有人困惑。

我是一個樂見批評的作者，因為好的壞的，都是一種交流，沒有交流，文圈便成一潭死水，但大前提是，批評者一定要讀過文本。

當年，上文學評論課時，老教授第一句就教，落筆評論前，要認真閱讀作品，不能只看二手材料。時至今日，資訊爆炸，上網按幾個鍵，二手材料成千上萬，東抄幾句，西抄兩段，批評論證可以頭頭是道，似模似樣；可是，這種態度對得起作者嗎？

我跟那位同學說，回學校禮貌地請那位老師先翻翻我的小說，再指導學生。

雖然「文學獎」可以令讀者安心，老實說，我看重市場多於獎項。人家拿真金白銀來買我的書，至少我要為讀者帶來閱讀的樂趣。這不是媚俗或妥協。當少年人體會到閱讀文字的樂趣，不遜於看電影、看電視、聽流行曲、上網、打機時，我們的下一代便有希望了。這是一項「希望工程」。

青少年文學是一種特別的文類，有時間限制，因為青少年階段只得短短數年。雲姨（黃慶雲）教我，青少年小說是少年人的路燈。阿濃先生教我，路燈照近不照遠。我教讀者，日後長大了，偶然看看「Q版特工」，當作跟老朋友打個招呼，要多讀中外經典名著。

不能在青少年階段養成閱讀習慣，長大後，喜歡閱讀的機會有多大？

閱讀課外書的年齡曲線，像英文字母M，由零歲開始，閱讀量一直上升，至十五、六歲，到達第一個頂峯。當學生升上高中，功課繁重，又要應付公開試，閱讀課外書漸減；進入大學後，主要讀物集中於修讀專業的參考書、論文、報告，更加沒時間看消閒小說。

青少年多屬活躍好動，純粹靜態的閱讀，在眾多動態的玩意之中，吸引力無疑較弱。要吸引他們加入閱讀行列，難度之大，可以想像。

雖是要吸引讀者，但我從不投其所好。在我筆下，沒少年人憧憬的王子公主式愛情故事，相反，男女主角談戀愛沒有百份百浪漫，戀人之間會鬧意見，鬧分手，這是現實，相愛之道應該包含忍耐、包容、互相體諒。還有，我刻意引領讀者離開他們熟悉的校園，把視野拓闊至世界各地，主題不單止有傳統的「陽光」、美好，尚會觸及人生的種種陰暗、苦難，如金三角的鴉片、大自然的破壞、以巴衝突、恐怖主義、北韓核武、兩岸關係、末世審判、巫術魔法、同性戀議題等等。我當然有自己的價值和道德取向，但我把個人立場隱藏於字裏行間，不會突兀地跳出來跟讀者說：小朋友，這個故事教訓你什麼什麼。透過小說，我讓讀者理解事物的正、反兩面，從而啟發思考，並由他們嘗試自行判斷對錯。我更不會要求他們讀完小說，即時學到什麼句式修辭或寫篇多少字的報告、感想。

我的盼望其實很微小、很簡單。在眾多娛樂選擇之中，少年人選讀我的書，輕鬆愉快地消磨一個下午，思考一下生命，我已經稱心滿意了。

作者電郵，歡迎聯絡：
forhing@gmail.com